百态常春藤

你来人间一趟
要活得漂亮

邵思睿◎著

长江出版传媒　长江文艺出版社

图书在版编目（ＣＩＰ）数据

百态常春藤 / 邵思睿著 .— 武汉：长江文艺出版社，
2019.4

ISBN 978-7-5702-0877-7

I. ①百… II. ①邵… III. ①随笔—作品集—中国—当代 IV. ① I267.1

中国版本图书馆 CIP 数据核字 (2019) 第 031228 号

百态常春藤

邵思睿　著

选题产品策划生产机构 | 北京长江新世纪文化传媒有限公司
总 策 划 | 金丽红　黎　波　安波舜
责任编辑 | 罗小洁　葛　钢　　　封面设计 | 郭　璐　　　责任印制 | 张志杰　王会利
助理编辑 | 范秋明　　　　　　　内文制作 | 张景莹　　　媒体运营 | 刘秋梅
法律顾问 | 张艳萍　　　　　　　版权代理 | 何　红
总 发 行 | 北京长江新世纪文化传媒有限公司
电　　话 | 010-58678881　　　　　　　　传　真 | 010-58677346
地　　址 | 北京市朝阳区曙光西里甲 6 号时间国际大厦 A 座 1905 室　　　邮　编 | 100028

出　　版 | 长江出版传媒　长江文艺出版社
地　　址 | 湖北省武汉市雄楚大街 268 号湖北出版文化城 B 座 9-11 楼　　邮　编 | 430070
印　　刷 | 天津盛辉印刷有限公司
开　　本 | 880 毫米 × 1230 毫米　1/32　　　　印　张 | 6.25
版　　次 | 2019 年 4 月第 1 版　　　　　　　　印　次 | 2019 年 4 月第 1 次印刷
字　　数 | 168 千字
定　　价 | 48.00 元

《百态常春藤》这本书用真实的语言描述了海外学子在留学生活中的酸甜苦辣，是窥见海外精英教育内幕的一本好书。思睿通过自己孜孜不倦的努力，给读者呈现了人们在接受海外高校教育后，得到的各种历练以及真正的生命成长。

——范海涛

（传记作家，海涛口述历史·人物传记工作室创始人）

自　序

　　这本书发布的时候，我已经离开了生活了八年的美国到了香港。过去的八年是我青春里最好的八年，是最开心的八年也是最难忘的八年；是形成我人生观价值观的八年，也是让我看到了更大的世界更勇敢去闯的八年。

　　我并不觉得这是我留美工作生活的结束，也不认为自己未来一定会在某个地方定居。相反，我觉得这是一个难得的新的开始，是鼓起勇气暂时放下当下拥有的一切拥抱新生活的开始。我从未如此刻这般平静，我的心情也从未如此刻这般辽阔无比。一个人心的归属，并不止于一块土地，而是一种坦然自在的心境，不受时间和空间的限制，这心境一起，就自然有了归属之感。

　　人生注定是场远行，从中国最北端到美国南方，从阿拉巴马到哥伦比亚，从塔斯卡卢萨到纽约，再从纽约到香港，变的只是空间和方位。

　　我很难定义我更爱哪一座城市甚至更珍惜哪一段经历，它们在我的生命中都曾是最重要的角色，陪我走过非常珍贵的一段时光。那些十七八岁的疯狂，十八九岁的努力，二十出头的迷茫，二十三四的执着和二十五岁的奋不顾身，都是组成人生的不知几分之一，但却形成了我人格里最重要的DNA，像是把一段记忆以文身的形式埋进肌肤刻到心底。

　　我躺在阿拉巴马大学图书馆前面的草地上听着钟塔的整点钟声，

我坐在哥伦比亚大学新闻学院门口的台阶上吃着马路对面买来的5刀一份的鸡肉盖饭，我穿梭于时代广场的人流与霓虹灯中，也偶尔趴在中央公园的草地上和朋友聊天。这些都是我最平淡的生活，却又是现在想起来让人欣喜的瞬间。

还记得四年前在哥大新闻学院的一节新闻写作课上，精神不集中的我脑海里一直构思着刚到这个万花筒般的纽约该写些什么做些什么才不会辜负在纽约的时光的时候，《百态常春藤》这个专访计划慢慢地在脑海里成形。从想到它到第一个采访，用了近一个月的时间。

我仍然记得2016年初，深夜对着采访记录却毫无头绪写不出一个字的自己，记得给一些很重要的人物发采访邀约时的忐忑，也记得在每一段采访中每一个人露出的信任与真诚。我的采访对象中有还在读书的学生，有初期创业者，有艺术家，也不乏颇有地位的社会人士，但他们每一个人都不顾一切地在为自己喜欢的事情去拼去闯去争取。我敬佩他们，他们让我看到青春该有的样子，让我明白什么是真正的热爱。

名校光环很多时候是刚入社会的敲门砖，第一扇门后面的世界仍然需要独自探索，而真正的勇士从不畏惧生活中的不确定性，他们顺应着自己的心意，一路摸爬滚打，不管遇到多少困难，都会记得这是自己选择的路，他们诠释了什么是勇敢无畏，也印证了坚持和洒脱。

我们常说要做一个世界人，要打开自己的眼界。到底什么是世界人？什么又是理想的生活？我终于想通了美国这八年教会我的，最重要的是不顾别人的言语勇敢地做自己，去自己想去的地方；是拥抱不确定性，在变数发生时不动声色地积极面对；是独立思考享受孤独，用辩证和批判的眼光看待问题。

这是一本常春藤校友的成长故事，也是我的成长笔记。它记录了他们在面临选择时的心境，记录了这些年我的每一次欣喜和挣扎，也最真实地记录了我在哥大新闻学院读书那一年的生活和感受。我想把它分享给你们，愿你们在接下来的日子里忠于自己，勇敢无畏；也愿你们可以成为自己的三棱镜，色散每一束白光，在平平淡淡中领略自己的神奇。

思睿于纽约

2019 年 2 月 14 日

目 录
CONTENTS

你比想象更自由

我在美国这八年

你比想象更自由

范海涛

　　传记作家，哥伦比亚大学硕士，李开复自传《世界因你而不同》、周鸿祎自传《颠覆者》以及《就要一场绚丽突围》的作者。

　　她的文字平实而灵动，像是小美人鱼在湖心跳舞。她说："一个好的故事可以把你带到故事的现场，你能感受到它的声光电感，三维立体地走到那个场景当中。"

范海涛：很多事咬咬牙就挺过去了

2011 年，范海涛辞去财经记者的工作，只身来到哥伦比亚大学学习口述史。

她说："一个好的故事可以把你带到故事的现场，你能感受到它的声光电感，三维立体地走到那个场景当中。"

转　身

几年前的一天，海涛的先生晚上带回家一本其他作者的传记作品，放在茶几上，对海涛说："你看一下这本书，我觉得他写得不如你，都可以出一本书，你可以考虑一下往这个方向发展。"

恰好彼时海涛遇见事业上的瓶颈，做了几年记者的她想要寻求更大的职业发展空间。她开始考虑转型，综合其能力和人脉来看，海涛觉得或许传记作家比其他行业更适合自己。

"其实也受了先生的影响，他不经意的一句话我就记在心里了。"海涛说。

不久后，在谷歌的一次发布会上，海涛遇见了开复。她仔细研究了新闻稿上开复的简介，忽然觉得他可能是一个很合适的对象。于是记者会结束后她单刀直入地和开复说："开复，我想写一本书，写你的书。"

那次对话后的一个月里，开复的邮箱陆续收到了海涛发来的很多文件，有她写过的财经文章，有一些博客里写的日常故事，还有一些关于人物传记的设想和心得。当有一天开复打开附件并逐渐发现那些文字的妙趣横生时，他给海涛发了一封邮件，里面写道："我们可以开始了！"

"我其实没觉得能成功，但后来他选择了我，我觉得这对我们都是一件比较幸运的事情。"海涛说。

那是海涛第一次尝试传记写作，她在新书中坦言，当时写到十万字的时候遇见了瓶颈。以前作为记者的海涛写的稿件字数最多四五千字，她还没有尝试过用几个月的时间完成一个项目。她说前十万字每次写到她不熟悉的地方，她就反复揣摩，把写过的内容翻来覆去地看了很多遍。

"当时稍微有一点泄气，后来在开复的鼓励下，我觉得我人生中第一次学会了坚持，就觉得这件事再怎么难都要继续下去。突破了十万字那个点之后就豁然开朗了。"她顿了一下继续说，"其实我觉得当时这种经验能运用到今天。"确实这种经验她今天也在使用。

海涛的写作天赋与生俱来，但直到开始写开复的《世界因你而不同》才被正式激活。后来，开复在海涛的新书《就要一场绚丽突围》的序中写道：

海涛的写作风格以小见大，以故事见长，她并不是去讲述一个抽象的概念，而是用具体的案例和跌宕起伏的剧情，让你欲罢不能。

起　舞

在给开复写传记期间，海涛接触了开复身边很多优秀的年轻人，他们要么有着出色的教育背景，要么正在从事令人羡慕的事业。日子久了以后，她那个上大学以来就有的出国读书的想法便重新在心里扎了根。

"开复开始鼓励我的时候，我觉得这件事离我越来越近了。"

海涛没有辞职，她白天上班，课余的时间复习 GRE。"一旦你有了这种想法，那就谁都阻止不了你了。但是一旦这股热乎劲儿过了，就又不行了，所以我就趁着热乎劲儿，赶紧把这件事做了。"

随着投入的时间精力逐渐增加，机会成本越来越高，出国留学变成了一件必须要去做的事情。

"美国教育给我带来的比较震惊的一点，就是它会真正地带你去那个环境做项目。"海涛说。

她的口述史教授把学生带到了位于皇后区的服刑人员过渡中心采访毒贩，让学生可以置身于环境之中，全方位地观察这一机构，从而能够更具象地写好这个故事。也是通过这样的经历，海涛才对美国社会如何管理服刑人员有了初步的了解，比如过渡中心会给服刑人员提供工作机会，会为帮助他们重新走进社会而有组织地进行职业培训，等等。

"即便是美国的一个犯人，和他的交谈也是很自然的，中途他会和你开玩笑，而且很坦诚，一切都是自然的流露。"

两年的时间，七千多条与纽约互动的微博，纽约这座海涛心里的女神之城，一直激发着她的创造力。

她在新书里写到纽约这座城市确实医治了她内心深处的很多东西，比如偶尔的绝望、无力感和妄自菲薄。她说纽约除了日常骨子里有一种高贵，还有一种天然的自信乐观，有着似乎对一切都无所谓的气场。

"如果可以的话，我觉得年轻的时候大家都应该在纽约生活一段时间，它有最开放和最包容的文化，你可以看到很多稀奇古怪的事情，它也有全世界最有意思的人。"

突　围

海涛在纽约孤身奋斗的那两年，她把纽约比作一个情人，因为纽约满足了她对情人的所有期待。"它可以是任何一个类型的情人。"她认真地说道。

"我觉得，其实在纽约的感觉就是我去美国留学整个的感觉，就是价值观的感受：人可以不为名利，人可以真实、本真地活着。"

毕业后的海涛回国建立了自己的工作室，她想要把在美国学到的口述史的精髓——口述史不仅仅要记录历史，还要呈现历史——带回中国。她觉得口述史在国内，目前主要面临经费和专业人员缺失的问题，而只有更多人投入这一项事业，才能逐渐把它发展壮大。

回想起在哥大读书的日子，可能海涛唯一的遗憾就是没有把她关于华人移民的毕业作品完成得很完善。如果以后有机会，她愿意采访更多在美国的华人，去了解他们当时来美的经历，去体会他们那时曾经历的坎坷和挣扎，去还原那一段或许快被很多人遗忘的历史。

她也愿意在国内完成一部和医疗相关的口述史作品，见证这些年来医疗系统的发展和医患关系的改变。

海涛说一个好的故事要让人有共情之感。作者需要把共情的内容表现得淋漓尽致，能触动人心，能引发人对人性的思考。既能把被访者说出来的东西表达出来，又能把他想表达但是没说出来的内容也表达出来，注重小的细节和时代的大背景融合。

现在的海涛在继续她下一部人物传记的写作，她仍然有一些瓶颈需要逐一突破。

"这个可能是我到现在为止遇见的最难的项目，但是我都没有放弃。我现在觉得，很多事真的是咬咬牙，你就会看到一片未来的天空。"

（2016）

郑辰雨

　　人称"苹果姐姐"，《不租房的 606 天》的作者，365 天住民宿，本科毕业于普林斯顿大学。

　　这本书出版的时候，她也刚刚带着她 606 天不租房体验的新书与大家见面。先后供职于投行、创业公司和优步，她骨子里似乎总是停不下来。她说要做一个世界公民，于是一个人、一个行李箱就开启了她的冒险之旅。

郑辰雨：温柔的冒险

不到十八岁来美国读高中，后来在普林斯顿全奖读经济和环境，再后来去了投行，现在就职于 Whisper。她叫自己"苹果姐姐"，理由很可爱，因为她颧骨很高，又很爱吃苹果。离开校园三年有余，在她刚来美国的时候，留学概念还没有如现在这般深入人心。而这些年来她走南闯北，去支教，去交流，去遇见有意思的人和更大的世界，也足以见证一个天真的小女孩到成熟稳重的姑娘的变化。

要做，就做世界公民

普林斯顿的校训是 "In the Nation's Service and in the Service of All Nations"，翻译过来是"为国家服务，为世界服务"。辰雨说，普林斯顿教会她最重要的一课是做世界公民。

社会上广为流传的一句俗语是"MIT的金融男,普林斯顿投行女"，这是社会对精英们的期望。"苹果姐姐"也不例外地在大学里选择了经济专业，也意味着她毕业后的道路基本选择了投行。"因为我很清楚我需要签证，所以先要去投行工作，所以大一、大二的时候要做不一样的事情，尝试不同的领域。"她说道。

当她大二去印度做志愿者教小孩子画画的时候，她第一次知道了旅行可以和有意思的事情结合在一起。于是大学里她去了丹麦、尼加拉瓜、西班牙、瑞士等。

"你希望有不一样的经历，你不希望随大流，那么你就需要付出比别人更多的东西。"她说，"比如以前我不是十分擅长咨询，所以我就每天听广播、讲案例，通过自己拼命的努力弥补自己的不足。"

她在大三的时候，不顾所有人的阻拦选择去英国交换。因为那个时间是准备投行暑期实习面试的重要时间段，与之后的工作有密切关联，如果错过了，很可能之后要比别人多走很多路。但是她很清楚去英国交换，会有很多不一样的体验，会让自己成为更有趣、更有经历的人。所以她选择了随心。

"世界公民需要我们成为一个 open-minded 的人，也就是要知道做任何事情都有不同的层面。我想知道其他不同职位的工作，比如市场、NGO 等等。即使我不喜欢，我也需要知道我适合什么，不适合什么，所以我愿意选择更冒险且不确定因素较多的道路。"辰雨说。

让自己迷失

"只有让自己迷失，才能在旅途中找到更好的自己。我是属于硅谷科技公司的。"辰雨坚定地说道。

大四的时候，她和普林斯顿创业协会一同去硅谷拜访了三十多位硅谷创业巨人。也正是这一次在西海岸看了一圈之后，她才知道每天上班不一定要西装革履，可以穿得更舒服、更休闲。

"当你看了更多的东西之后，你会发现世界并不是你总结的那个样子。"

她说大学期间是非常好的试错阶段，可以尝试不同的东西、不同的行业。只有自己跳出了一个社会和自己给自己的条条框框，才会发现原来自己还有其他的可能性。但我们需要找到梦想和现实之间的平衡。

也正是这次经历，让她心中的激情重新燃烧。后来一次机缘巧合，她听了 DropBox 创始人 Drew Houston 的演讲，她说，这是改变了她一生的演讲。

Drew 说，人生只有三万天，当我们找到自己的热情之后，就应该马上行动，因为永远没有完全准备好的那一天。听完演讲之后，她决定画 100 幅她欣赏的硅谷创业者的画像。于是，白天她是投行资产管理部的上班族，穿梭于格子间之中，晚上她是肖像画艺术家。一百天后，所有画作完成，她成为了在 Highline 做画展的艺人。

有朋友建议她在画廊开画展，但辰雨觉得画放在公共场所可以吸引更多的人。她把她的画比喻成产品，她说她需要让她的"产品"与市场和受众互动。后来她在红杉资本的会议上再一次成功地将画展出。

"在红杉资本的会议上展画，其实对我来说是一个动力。"辰雨说，"我画了这些画，不想把它放在家里，也不想放在画廊里。于是我就想到了会议的场合，我想让更多的有共鸣的人看到。也因为当时我画的都是活动的分享嘉宾，所以使交谈变得稍微容易一些。"

有人跟她说，既然她的画可以在红杉的会议上展出，那么她一定还可以做很多别的与众不同的事情。后来，她还真的做了很多别具一格的事。

温柔的冒险，把日子过成诗

"我不是特别懂咖啡，我只是喜欢逛咖啡馆。"

2011 年的时候辰雨喜欢喝摩卡，那时候她在香港实习，所以经常在星巴克买。后来回纽约后，她开始喝拿铁，每到一个地方就点拿铁，然后在心里默默做对比。再后来她开始喝黑咖啡，手冲的。这也是她完全爱上咖啡的理由。

她认为手冲咖啡是一门艺术，是对于工匠精神的崇敬。手冲咖啡里面有很深的造诣，有很多味道可以尝试，比如巧克力、苹果等等。

出于对咖啡的喜爱，她开始了一项咖啡计划，搜集不同咖啡师的名片、咖啡馆的包装纸、照片，以及来自不同国家的人的留言。从香港到美国，从瑞士到奥地利，这块纸板上密密麻麻描述着全球 300 多家咖啡馆的故事。

每次去咖啡馆，她都会问咖啡师是如何开始热爱咖啡的，为什么要开咖啡馆。她在桂林时曾偶然遇见了一个手冲咖啡师，他说他开始狂热地爱咖啡，是因为他喝到的第一杯手冲咖啡不是苦的，里面微甜，还混着其他香气。

"当你喝到的第一杯咖啡不苦的时候，可能就是你爱上咖啡的时候。我觉得我对咖啡行业做出的最大的贡献，就是让更多人喝到精品手冲咖啡。"辰雨说。

她也会问他们的咖啡豆的来源，以及他们的秘密配方。"记得一次去布鲁克林的一家私房。厨师有很多文身，但是我看见他家里有一款咖啡豆，于是我们的聊天从咖啡豆聊起，越聊越开心。后来发现我们有很多都认识的咖啡师。平时我可能不会认识他，但是通过咖啡，我认识了他，认识了很多有趣的人，也跨越了很多所谓的代沟。"

辰雨坦言，她曾经是一个严格按照行程表做事的人。但开始做咖啡计划后，她渐渐放慢了脚步，去倾听城市的脉搏和感受城市的文化底蕴。

她正在进行一项新的冒险，她叫它"365 天住民宿"。

去年为 Whisper 建立国内分部之后，回到洛杉矶总部的辰雨并没有租一套固定的住所，而是开启了这个冒险。而从 2012 年 6 月开始体验 Airbnb 的她也成了民宿经验者。

她说家不是一个固定的地方，她也希望通过住民宿，认识更多有趣的房东，可以写下他们的故事，看到一个不一样视角的世界。

（2016）

詹青云

第五季《奇葩说》选手，哈佛大学法律博士。2018华语辩论世界杯最佳辩手，第二届国际华语辩论邀请赛最佳辩手，2015年《精彩中国说》节目总冠军。

我原以为辩手都是那种看起来很犀利、很难靠近的人。但当我在波士顿见到青云的时候，我对辩手的固有印象被瞬间打破。

詹青云：人生不需要辩论

我以前一直觉得打辩论的人在性格上多少都是有些锋利的，他们思维敏捷，言语犀利，不给人任何反击的机会。直到我看了詹青云的辩论视频，她平和语气里透露的缜密思维，坚定眼神下的强大气场，辅之以温柔但又准确的反击，让我对辩论有了新的理解。

真诚型辩手

一个辩手在生活中想要和伙伴愉快地交谈是非常困难的，因为辩论不断刺激和培养的，就是我们强烈的反驳欲。慢慢形成习惯以后，会让我们在生活中想要不自觉地抓住对方的漏洞，想要扳倒对方。但生活需要的是用心，一颗温暖平和的心，一颗懂得感恩的心，一颗知道去爱的心。

"中国大麻是否应该合法化？"

一个似乎在现实中早有答案的话题，出现在 2014 年的国际华语辩论赛（新国辩）上，马薇薇带领的中山大学辩论队，对战邱晨带领的香港中文大学辩论队。詹青云把这场辩论视作她中文辩论经历中，最爽的一次。

詹青云所属的港中大抽到正方辩题：中国大麻应该合法化。"这个基本的字面意思应该是允许大家抽，可是我们觉得这样打不赢，因为中国没有什么人抽大麻，没有任何立法基础。"

彼时房祖名、柯震东大麻事件正被热议。一个显然不占优势的立场，但优秀的辩手就是要努力为其找出合理化的途径。

团队成员另辟蹊径，提出两点：第一是大麻的其他用途，比如制衣、工业和医疗；第二是一些不完善的行政法规，比如非法贩卖大麻属于犯罪，但法律却没有对"非法"二字做出明确规定。

这个辩题在辩论场上被讨论过很多次，大部分正方观点都是从"适当吸食是合理的"这个观点出发，詹青云及其团队另辟蹊径，不按套路出牌，让对方措手不及，也让这一场辩论成为了新国辩的经典辩论之一。

詹青云在大学期间做了很多次结辩，有人评价她是一名知识型的结辩，注重学理和实证，走理性女结辩的路子。她对这个称号受宠若惊，说："我不敢称自己是知识型结辩，这个太狂妄了。"

"我打辩论没有什么技巧可言，可能自己在表达这方面很有一点天赋，"她说，"我一旦找准了我做结辩这件事情，我很快就能上手，拿到一个辩题我就觉得有很多话想说。"

那时候虽然她常赢得最佳辩手的荣誉，但团队并不是每次都是获胜一方。回想起曾经的比赛，她说那时的自己还没有找到辩论的门径，直到她带领着比自己年纪小的辩手打比赛，需要为比赛的输赢负责或者需要教新手如何打辩论时，她才开始学会团队配合和大局观。她喜欢辩论，她说如果说辩论是一把刀的话，她会很害怕误用这把刀。"它既可以用来伤害人，也可以用来在生活中做饭，切菜剁肉。"

事实上，除了爱好，辩论逐渐变成了青云休息的一种方式。人与人之间的亲密关系可以分为两种：一种是情感上的亲密，另一种是精神上的亲密。"你和这群人不停地辩论，你所有的想法在他们面前都暴露过，就形成了另一种亲密，你在他们面前可以肆无忌惮地交流观点，这是一个非常舒服的集体。"她说。

"我觉得我直到今天也算不上是一个很有技巧的辩手。但是我的结辩是很真诚的，就是我相信什么我才说什么。"

从贵州走出的公益人

到哈佛读法律博士之前，詹青云成立过支教团，做过记者，与人合伙开过青旅，也在县政府实习过一段时间。在她的意识里，她一直想要做一些对社会有益的事情。

詹青云本科期间，支教一度是个被热议的话题。那时她的同学和她提及想要去贵州支教，她琢磨了一下觉得可行，就去找贵州的学校进行协商。

学校虽然答应了她的请求，但把非尖子生集合成了四个班，交给了这些来自香港的大学生。毫无教学经验的他们按自己上学时的经历照葫芦画瓢，把几个人分配成了语文、数学、英语老师。

"我是班主任，我第一天去上课就看到我们班有一个小朋友，他在隔壁班的窗户那里跳，我就看着他，然后就看里面飞出来一个桌子腿。然后回到我们班，我就发现班里最后一排的桌子椅子已经被拆掉了，桌子面是盾牌，桌子腿是剑。"詹青云回忆道。

现在回头想来，短期支教到底该不该去，对孩子是好还是坏，虽然还都没有定论，但这段经历却切切实实地让她了解到了一些在内陆做事情的方法。

"我们走的时候书记和我吃饭，那个时候他才跟我们说，你们这群小孩子什么也不懂，就莫名其妙地来支教。他说你们应该先找政府，先联系教育部，学校绝对会配合你们，把最好的孩子给你们教。"

"呼叫旱獭"

詹青云在香港中文大学读书期间，她的一名政治学教授带她去做了一些社会实践，诸如给农村妇女普及卫生常识，去甘南高原做环保公益。

她在一次分享中提到，她到了甘肃以后，感觉年轻的浮躁突然就在苍茫的雪山和大哥大嫂质朴的笑容里找到了安慰，好像突然长大了，懂得了为别人活的快乐。

她发现随着旅游业逐渐发展，大量游客涌入一些未被完全开发的区域，留下垃圾的同时，也打破了藏民原本的生活方式。于是她想在这里推广环保生活方式，为高原保护出一份力。

巧合的是詹青云在做环保公益时，认识了一位叫彭措的藏族大哥，大哥的弟弟是个木匠，让她"在高原推广环保的生活方式"的想法忽然间有了落地的可能。

他们把地址选在了夏河。夏河一头连向城外，一头连向藏学府拉卜楞，他们在那红衣喇嘛漫步的街头，花费两个夏天与严冬，搭起了三层小楼。

詹青云当时给青旅起过好多如"细草微风"一类的文艺名字，但索南草大嫂说那些文艺之名她都无法理解，不如叫一个有当地特色的名字。于是最后命名为"呼叫旱獭青年旅社"。一是因为夏河有很多旱獭，二是旱獭是和佛教有缘的动物，它代表了人与自然和谐相处的理念。

在到哈佛读书之前的那个夏天，詹青云为了青旅的装修在夏河待了几个月。修水管，接电线，钉床具。她不仅自己去了，还把好多大学同学一起带去了。

"我们那个地方没什么吃的，每天都是吃大饼，改善生活就是去吃一碗牛肉面，然后每天晚上喝点青稞酒，看看星星就睡了。因为那个时候没有装暖气，就特别冷，我们全部挤在一个大炕上抱着睡。"

青旅就在大家集体的搬砖添瓦中慢慢搭建起来了，就连家具都是和藏族大哥开着他们仅有的小皮卡到家具城讨价还价拉回来的。"它就像是自己的孩子一样，"她笑着说，"我第一次到那边干过活之后，突然觉得大山特别亲切，就觉得跟它们是有联系的。"

伺机而动

詹青云本科攻读的是经济专业，大三在贵州某县政府实习后，决定攻读政治学博士。

但后来她发现政治学并不是去改变政策，而是追求新颖的问题和给出有力的数据证明。一旦开始学习做研究，有很多东西会偏离设想，她的经历还不足以提出真正有价值的问题或者给出有意义的回答。在朋友的怂恿下，她抱着试一试的心态报考了 LSAT，意外的高分让她走向哈佛攻读法律博士。

一如她在《世界听我说》中提到的："一个人是否能够抓住机遇，有的时候真的不怪他自己，而怪机遇。" 有的时候时机到了，很多事情都会自然发生。

（2018）

何江

　　哈佛大学毕业演讲中国第一人，2017 年福布斯医疗健康领域 30 位 30 岁以下领军人物之一，哈佛大学博士。

何江：哈佛毕业演讲之后

距离何江站在哈佛大学毕业演讲的舞台上已经过去了快两年，现在他在麻省理工大学生物工程专业进行博士后研究。乍暖还寒时的波士顿还堆满积雪，我和他约在哈佛大学法学院附近的一家咖啡店碰面，聊起了他的近况。

"哈佛大学毕业演讲中国第一人"

两年前的5月，何江在哈佛大学发表完毕业演讲后，被冠上了"哈佛大学毕业演讲中国第一人"的标签，媒体报道铺天盖地而来。

毕业演讲中，他讲起了初中时自己被毒蜘蛛咬伤，母亲用民间医术帮他治疗的故事。母亲将何江的手用浸过白酒的棉布涂抹包扎之后，在他的嘴巴里塞进一支筷子并让他咬住，紧接着点燃了棉布。

"热量快速地穿过棉布直击我的皮肤，烘烤着我的手背。这种撕心裂肺的疼痛让我想要尖叫，但是却叫不出声，因为嘴里还咬着筷子。我所能做的只有盯着我的手看，一分钟，两分钟，直到母亲吹灭了火。"他在毕业演讲上说。

因为蜘蛛的毒液中充斥着蛋白质，这种民间医术遵循了热量使蛋白质失活的科学依据。小时候的何江觉得这种疗法虽然疼痛却很厉害，但学习生物化学后，他了解到了使疼痛感和风险更小的疗法，不免感慨科学知识在世界上不均衡分布的问题。

有人说他的演讲想表达的道理过多，但表达方式不够幽默；有人说他演讲的内容离美国学生太远，无法让听众产生共鸣；也有人说他打破了外国人对中国人骨子里谦虚和不愿意表现自我的固有成见。

演讲过后，何江来自湖南省宁乡市坝塘镇停钟新村的家庭背景被热议，随之"寒门难出贵子"的观点再一次被广泛讨论。

何江说，如今背景资源较差的家庭要把子女培养成才的确有很大的压力和困难，但并不是完全不可能。

"我觉得社会仍然有源源不断向上输送人才的能力，在这个输送过程中，需要有各方面为之助力，同时也缺不了自己对自身有比较清醒的认识。我在成长的过程中，很受用的一个体会是，逐渐认清楚自己所处的位置、不足和缺陷，一点一点改变自我，突破自我。我觉得不论对处在怎样环境的人，这个体会都是适用的。"

临近毕业时，他还在本科生宿舍里做宿舍助理。一次在和教授及一些本科学生一起午餐的过程中，教授鼓励本科生去申请本科毕业典礼演讲，顺带也跟何江说可以试试申请研究生和博士生的毕业演讲。

"但是很难想到和毕业典礼氛围相匹配的素材，到临近典礼的时候才或多或少有种参与感。"何江说，"我感觉要克服这些刻板印象的话，首先需要的是用心去观察理解国外文化，然后逐渐在这个大环境下对自己做出改变，走出舒适区。"

多数哈佛大学的毕业演讲都是对教育和对社会的思考，科学类的毕业演讲的确少见。在何江看来，这种局面的形成一方面是科学家过于学术化，另一方面是一些科学家忽略了与大众沟通。

"我在PHD期间就觉得，如果科学研究者通过自己的努力把研究深入浅出地讲给其他人听，或者有渠道把这些听起来高深但是很实用的科学理念传递出去，就可以使研究变得更直观。"

"科学家要把书本研究和现实结合"

投身生物科技科研，何江一直希望将科学技术赋予医疗健康之上，真正治疗一些疾病。

目前何江主要专注于癌症和肝脏组织功能的研究，比如疟疾和肝炎病毒如何入侵肝脏和感染肝脏。在此基础上，他也将自己的研究领域扩展到癌症的早期监测和疟疾的治疗。

在哈佛大学攻读分子细胞生物学学位期间，何江师从美国华人生物物理学家、美国国家科学院院士庄小威教授，做偏生物物理类的研究——单分子成像，如超高分辨率显微镜成像即荧光显微镜在生物学里的应用。

普通的光学显微镜有分辨率的极限，但是荧光显微镜通过物理和化学的方法将分辨率极限打破，可以看到几纳米以内生物分子间的相互作用。

何江主要用这项技术关注两个领域：一个是用超高分辨率显微镜观察流感病毒的入侵和宿主蛋白调控流感入侵感染的机制，这个领域与其博士后期间研究的肝脏病原体入侵是有一脉相承的联系。另一个是用超高分辨率显微镜研究神经科学，尤其是神经元细胞超微细胞骨架的研究，但这方面与博士后研究课题的关系并不是很大。

"科研最迷人的地方就是有太多未知。投入一项研究要花费大量时间去检测一项结论的对错，虽然会不停经历失败，但成功的喜悦瞬间会盖过之前所有的失败。"

何江曾在一次采访中提到，科研最可贵的，一是要沉下心来做，二是要严谨。在他看来，科学家就是要把书本上的研究和现实结合并转化出来。

《走出自己的天空》

多年专注于理科学习和生物实验让何江深感自己在人文教育方面的知识有所欠缺，于是刚到哈佛，他就加入了一些有哲学、神学和东亚研究专业的同学共同参与讨论的兴趣小组和读书会。

在美国的前三年，何江通过读书会接触了一些平日里理科同学不会触及的西方哲学书籍。也是在一次读书会上，何江遇到了经济学家尼尔·弗格森。弗格森对他的背景很感兴趣，便鼓励他把这些经历写出来。

何江发现，不仅美国人对于中国农村的概念模糊，随着中国这几十年迅速进入工业现代化并且发展迅猛，很多国人对农村的疏离感也逐渐增强。何江想用非虚构的写作手法写一本乡村的自传，记录这些年中国农村的发展。

"这里面有很多有意思的事情、变革。我自己有很多感触，更多的是对逝去的淳朴、简单的乡村生活的怀念。"他说，"我想把我的一些见闻，我身边人的故事和我的经历写出来。"

何江把第一版书稿给教授看。教授认为书稿过于学术，建议何江走个人化风格。被驳回的何江写了第二版，这次教授说太个人化了。

四年，三版书稿，还原中国农村变革的《走出自己的天空》在2017年8月出版。何江儿时湖南省宁乡市坝塘镇停钟新村的记忆，小时候住过的土砖老屋，一些"山居纪事"在何江的笔下跃然纸上。

哈佛演讲视频在网上流传后，他对于故乡的情怀和对科研的热爱一度成为媒体热议的焦点，他也曾在一些采访中表示未来有在宁乡创业开公司的可能。提到目前的计划，他说创业仍然是一种选择，但还是要先专注于当下的研究。

"我觉得自己是属于那种容易静下心做这些事情的人。理科做研究也应该需要这种心态的。我觉得每天和细胞、小白鼠打交道还挺有意思的。"

（本文首发于 2018 年 4 月 13 日《FT 中文网》）

方可成

　　微信公众号"新闻实验室"创始人，《南方周末》报社前驻京记者，《东方历史评论》编辑，政见 CNPolitics 发起人，著有《中国人民的老朋友》。宾夕法尼亚大学博士候选人。

方可成：我想做一个入世的学者

和方可成见面之前，早已拜读他的一些流传颇广的文章，如《"谁的孩子上北大"已经没那么重要了》《"自媒体"已经走向了它的反面》等。我想象着这位逻辑严谨、话语有力、视角犀利的常在媒体上对热点发声的媒体人该是一位严肃之人。见了面，吃了饭，聊了天，便被他的平和与智慧感染。

见面那天，费城还没有入春，冬天的寒风还呼呼地往人衣服里钻。这是我从美国南方到北方的第二年，还在适应着美国北方忽冷忽热忽而下雪忽而下雨的冬天，而可成此时却已经从北方的另一个城市辗转到费城三年有余。

"我不是一个典型的好记者"

2013 年方可成辞去《南方周末》记者的工作，出国读博深造，落地威斯康辛麦迪逊大学，研究与中国媒体和政治相关的课题。但由于该州教育经费不断削减，优秀教授逐渐流失，可支配资源慢慢流失，他随后转学至宾夕法尼亚大学，继续深造。

在此之前，他曾抱着一腔热情和新闻理想进入北大新闻与传播学院，却带着些许失望离开。失望的是日渐衰落的媒体环境，是在新闻学院找不到很多志同道合的伙伴，是在北大感受到的大家对"精英"身份的理解。

"当年在北大的时候，上必修的思想道德修养课，老师让大家发言，谈谈对精英主义的看法，几乎所有人都说我们要批判精英主义，北大人不应该视自己为精英，我们就是普通人，要和人民在一起。"他说，"我还是蛮失望的，我觉得大家在逃避精英的责任。你在享受精英的特权——国家每年在一个北大学生身上投入的资源是一所普通高校学生的多少倍？你不是精英，谁是精英？作为精英，你当然应该卸下精英的傲慢，但也应该承担起精英的社会责任。"

毕业后，方可成去了《南方周末》报社做记者。我问他既然对新闻怀有一腔热情，有没有考虑过做调查记者。

他说，他在《南方周末》期间做过一些调查报道，包括他职业生涯中最重要的对南方科技大学的调查报道《南科大内忧》。不过，这是他比较能够掌握的教育类话题，他并没有做过深入底层的社会调查。"没有做社会调查，一方面是因为我的性格或者我的'人设'不太适合。因为做调查是需要一些'匪气'在的，是要有到了一个村子里面，给别人递上一支烟，马上打成一片的能力，而我更多的是'书生气'。"

出国前他写下《再见，南方周末；你好，博士生活》一文，文中说他始终自认为不是一个典型意义上的好记者。在他心目中：一般意义上的好记者应该性格外向，跟人自来熟，或者用《南方周末》内部的说法，有"匪气"，能拿料；一般意义上的好记者应该是故事爱好者，喜欢追寻和讲述故事；一般意义上的好记者应该适应乃至喜欢不规律的生活。

他说他是一个内向的人，不懂得怎么混朋友，更擅长讲道理和有条理地规划自己的生活。

"还是跟大家解释政治是怎么运行的比较适合我。"他笑着说。

拆掉知识的高墙

几年前博客还比较盛行。方可成心想，做个以"社科学术通俗化"为主题的多人博客没什么成本，又挺有价值，就在六年前的11月11日，召集了一群青年，启动了"政见"。

那会儿方可成还在《南方周末》报社做记者。《南方周末》原计划开一个版面，呈现一些来自学界的观点内容，由方可成来负责主持。不承想最后阴差阳错地把它单独打造成了一个独立的纯志愿团队，成为学术和大众之间的桥梁。

"'政见'做了五年多，还一直在做，还一直有东西在发，我就觉得在一定程度上已经是成功了。"方可成说。

也有很多他想要尝试的东西最终因为纯志愿团队的性质，因为人手不够而不得不暂停下来，比如短视频、线上沙龙和普及知识的手机小游戏。

"政见"成立的前两三年，所有文字编辑任务都落在了方可成一人身上，现在有了几位编辑，但他说："我们现在的文字，我觉得还不是最理想的状态，没有选题机制，大家想写什么就写什么，就会使传播量受影响。"

"因为我们的作者基本都是学术圈中人，对新闻热点可能不太敏感，学术内有趣的内容可能并不是大众感兴趣的，编辑方面也还相对粗糙，没有特别好的包装。"他继续说道。

我问他，有没有想过放弃？

"放弃会很可惜，虽然很多事没法做成，但我们还是可以维持下去的。既然可以维持下去，为什么要断掉呢？"他说道。

虽然遇到很多挑战，"政见"也得到了很多学界内的支持。比如可成在一些学术会议上会遇见一些研究中国的老师，纵然他们暂时不知道方可成是何许人也，但他们了解"政见"，于"政见"而言，这是莫大的意义。再比如，苹果手机可以打赏时，"政见"的文章还是可以收到赞赏，虽然金额不多，但也算是对这群学者的认可。

"政见"团队内部有人打趣说，大家最大的特点就是：都是知识分子，都很矜持。

"大家一开始对一些稍微标题党的文章都会比较反感，"他说，"但我们在寻找平衡，学术科普文章覆盖的范围相对不大，有时候采取一些标题党式的操作，能吸引到更多的读者。"

"读博士和做记者有相似之处"

距离从就读的传播学博士项目毕业还有两年，他希望可以谋得一份研究与中国媒体相关话题的教职。

虽就读传播学学位，但他并没有单纯地局限在自己的学科内，也并没有局限在象牙塔内。一方面，传播学是一个带有浓郁跨学科色彩的领域，他接触到了学院里其他学科背景出身的教授，比如政治学、社会学、心理学甚至理工科。另一方面，他还保留了很多记者的特质，积极地面向大众发声，比如成立"新闻实验室"、"政见"，在社交媒体上积极发言和给众多媒体供稿。

他对自己的规划是，如果能够谋得教职，也应不止于做研究。"我对教学也是蛮感兴趣的，我觉得这个是跟学生最直接的接触。虽然一般每个班只有几十个学生，但影响是深入的，可能深刻地改变一个人的人生路径。"

他笑着说，自己对观察和理解一个人的价值观形成过程非常感兴趣。

"读博士当老师的目的和做记者有相似之处，它们都可以影响人的想法，甚至价值观。"他说，"记者是你告诉别人这件事是什么样的，你用呈现的事实和观点来影响别人的看法。"

"新闻实验室"的文章每每发出，就会被大量转载，但方可成却说他觉得自己的文章并没有文采出众之处。他说他的文章最大的特点是有逻辑地把一件事讲清楚，既不落入俗套，又可以给人带来新的启发。

而这些都需要足够多的输入，才会有高质量的输出。

"很多时候我们说难，我们是找借口，我们为自己选择简单的、世俗的那条路找借口。"方可成说。

"我不是一心只读圣贤书的学者，我想参与到社会中去，以自己的角色。对一个社会的发展，不同的人都会有不同的影响。对我来说，理解和影响大家的思想观念是我最感兴趣的。"

（本文首发于 2017 年 7 月 20 日《FT 中文网》）

张源

Canva 中国区 CEO，前 LinkedIn 中国用户市场总监。宾夕法尼亚沃顿商学院 MBA。

张源：从零到一的极致

几个月前我的领英好友张源更新的工作信息引起了我的好奇，我看到他从 LinkedIn 中国的第二位员工变成了为非平面设计师提供平面设计工具的澳大利亚独角兽 Canva 的中国区 CEO，我好奇这背后选择的原因，也好奇这家新兴独角兽的中国策略，于是打算找他聊聊。

7 月恰好我回国，我们约在 Canva 的办公室见面。那天北京暴雨，我费了好大的劲才从王府井打到车去慈云寺 WeWork，在北京交通广播的伴随下反复调整着提前在手机上写好的采访提纲。

见到 Robin 时，他身着一件浅灰色基本款纯棉 T 恤。我们去茶水间冲了一杯咖啡后，找了一间会议室，聊了起来。

为什么来 Canva？

"我对我自己的优势和弱势可能还是比较了解的。我的优势可能是有海外背景，那么在中国做一个海外的产品，优势会稍微明显一点。"张源说道。

在加入 Canva 之前，张源曾考虑过加入一家本土的互联网公司。Canva 的橄榄枝伸出时，他仔细分析了产品。首先，Canva 在中国从来没有做过推广，但是在中国苹果商店确有一定量的下载。其次，苹果商店中的很多评论都在"抱怨"产品为什么不支持中文，这在一定程度上证明了 Canva 在中国的市场潜力。

他提到看一个市场是否有潜力，主要涉及市场容量、增长曲线及盈利能力。当前中国涉及在线设计服务平台的公司还没有饱和，大家仍然面临着各类问题，且在盈利模式上也各有不同，他断定这个领域仍然存在巨大机会。

在此基础上，知识产权在国内逐渐开始受到重视，这为 Canva 进入中国提供了很好的宏观土壤。同时，张源有七八年素描和书法的基础，他对设计领域自然也有基本的认知。

张源是领英中国第二名员工，在 2014 年加入领英之前，他曾供职于苹果公司、贝恩咨询和雀巢，一直从事着与市场相关的工作。市场其实与设计密切相关，无论是之前在雀巢把关所有产品的包装设计和广告投放，还是服务于对设计要求极高的苹果公司，抑或在领英中国从零到一地开拓市场，张源都可以让自己天然地成为各产品的忠实用户，当然他也更懂用户。

而他加入 Canva 的另一重要因素是其与 Canva 创始人保持着良好的信任关系，这让他在带领中国团队时有相对较大的自由度。

"我一直在想，有没有可能真的在中国做一家成功的互联网公司，或者说成功的公司。我在美国读过书，回国后我总觉得我不想把所谓的中国的外国的东西分得特别清楚。一个好的产品，可能是一个好的国外的互联网产品，能不能根植于中国的土壤？我就想干成这么一个事，我其实给我自己个人的 mission 就是，真的做一家足够接地气、足够成功的好的优质的国外的品牌，不光是把国外优质品牌带进来，可能未来还要做一件事就是把中国厉害的品牌送出去。" 他说。

他更喜欢去体验从零到一的过程，甚至是从零到一百的爆发。他希望进入一个行业或者加入一家公司后，能够为这个公司或行业带来一些较大的改变和影响。相比于加入一家成熟的公司担任市场副总裁，全身投入一家成长期公司可以产生的影响无疑会更大，也更具有诱惑。

版权和本土化挑战

所有海外的公司进入中国都无法避免本土化挑战，都潜在国家原有的一些扎根已久的问题。就中国而言，Canva 除了要面临不同的市场策略外，仍要克服版权壁垒。

张源提到中国用户并不是不注重版权，特别是一二线城市用户的意识正在逐渐增强。但侵权的问题之所以一直存在，主要有两个因素：素材价格过于昂贵，购买版权或素材的流程过于复杂。

然而第一个问题的壁垒在于版权方也无法降低的商业成本。以图片素材为例，某些比赛的精彩图片，图片提供方需要增派摄影师飞到当地，在比赛时选定一个极佳的位置并且投入大量的精力，或许才能捕捉到一个经典瞬间。而第二个问题同样困扰素材提供方良久，虽然国内已有字体公司开始用互联网的思维来解决这一问题，即与手机厂商合作，将字体按次数使用或以订阅制形式计费，但想要全面普及，还需要多方的共同努力。

与 Canva 类似的一些公司从设计模板开始计费，即只有支付才可使用，然而 Canva 的设计模板全部免费，用户只需要为素材付费。此模式是否顺应中国市场，仍是 Canva 需要考虑和解决的问题。

在素材库上，设计类产品不免要面临文化和审美差异。张源举例说：西方设计里的层级和元素非常少，大多数情况都是一个简单的大标题下面有一排小字。但是中国不同，中国的设计会有更多更丰富的元素。在元素使用上，西方更喜欢用照片，但中国更喜欢用插画。在场景应用上，西方有更多可运用的场景，而中国会将很多场景生活化，比如西方会在孩子百天时设计一个邀请函请朋友一同庆祝，中国可能用微信文字的形式通知亲朋好友。

从市场层面，Canva 在世界其他地方的增长：在依靠流量增长和口碑相传的前提下，已累计用户约 1 亿人。

但中国市场的不同之处在于流量的高度集中，微信、QQ 和百度几乎垄断了互联网流量。外企在进入中国时，则需要针对高度集中的流量分发平台去定制市场战略，例如通过微信小程序缩短用户获取需要的时间和降低用户获取的成本。

在流量被垄断的背景下，另一条生存之路则是商业拓展。张源提到 LinkedIn 刚推出公众账号时与微信、芝麻信用等合作，在优秀内容的吸引、商业伙伴的帮助及团队的坚持和不错的运气下迅速打开了青年市场。

与 LinkedIn 通过微信平台来获流不同的是，微信平台逐渐趋于饱和，外企在本土化过程中需要多平台涉猎。"就我以前的经验来说，可能你要想把 marketing 或者把内容营销做好，你可能就得找准一个点，然后拼命地往死里去扎，不停地扎，就是不停地做，然后在任何可能的时候把它做大。"

敢于尝试，敢于试错

找到对的人，做对的事，把产品从零到一搭建起来，对市场趋势的快速捕捉以及如何在繁杂的事务中处理优先级任务，是张源在加入 Canva 前积累的经验。

我不禁好奇地问他，Canva 在中国扩张团队，他最希望招到什么样的员工。他和我说了三组关键词，young and hungry，快速学习者以及敢于尝试、敢于试错。

"我经常跟团队说，我应该是我们这个团队的最短板。我如果是最长板的话，我们这公司走不远，你们都应该在某些方面比我强很多才行。"

他说，一个好的管理者不应该用对人的好恶去评判工作中所遇到的问题。张源自己一直遵从的信条是真理越辩越明，所以他一直很鼓励团队真诚探讨，积极辩论。

在现阶段的管理上，他不愿意将界限划得过于明显。第一是想鼓励员工，让他们觉得自己是公司的主人；第二想让员工感受到成长，毕业两到三年的大学生可以参与公司的战略制定，这种机会十分难得。

采访快结束的时候，我问他："您觉得您是一个有野心的人吗？"

"我可能没有用要做出多大的一家公司，或者说要做一个惊天动地的事儿来定义野心。我定义的野心是，我做的事能够让一部分人因为有了一个东西而变得更好，从这个角度我是非常有野心的。如果能够真的做出一个好的产品，服务于更多用户，他们黏性非常高地在使用我们的产品，且产品持续不断地给用户创造价值，我希望这类产品越多越好。"他说，"我觉得人有时候得知道自己的界限，就是你得知道自己能干什么，知道自己不能干什么。"

（2018）

林海音

　　独立摄影师，纪实作品《七个肿瘤》的摄影师，2016年度大本钟奖全球十大杰出华人青年之一，哥伦比亚大学硕士。

林海音：沉静柔和有力量

白羊座女生，如狮子座一样霸气，如射手座一样风风火火，而海音却说她自己是一个非典型的白羊座姑娘。她表面平静，但内心却喜欢折腾；日常生活工作十分安静，却又害怕相对沉默的生活轨迹。喜欢绿茶，喜欢插花，喜欢与自己对话，喜欢沉静柔和中带有力量的照片。她说很多人认为纽约很冷漠，但纽约于她而言却等于酷。她在纽约学会了洒脱的生活态度，不活在别人的目光之下；她也在纽约体味到原来生命中可以有更多的可能性。

Hey，你好，我叫滚滚

海音在纽约的家布置十分简单，但却如她一样精致。床边放置了一张电脑桌，上面除了一台MAC外，只有鼠标、数位板、水杯、钱包、手机和记事本。桌子紧挨着落地窗，扭扭头便可以看到街边的树木和街道对面的建筑。一把转椅后面是一个小型书架，书架旁是家里永远都有的鲜花。在家里还有一只胖胖的十分会凹造型的来回走动的猫，叫滚滚。

滚滚是海音在它三个月时买回来的，现在已经三岁了。刚买回来的时候并没有那么胖，一开始取名叫娘口森森（日本名字，海音很喜欢看的动画片角色之一）。后来海音发现猫听不懂它的名字，无论她叫它什么它都无所谓，于是就选择了单音节的名字，滚滚。

"当时还没有毕业，一个人住在校外，想要房间里更有生气。小老鼠不太智能，小狗又需要付出太多情感，猫很独立，又可以做个陪伴，"海音说，"于是就把滚滚带回了家。"滚滚不怕生，十分好客。猫随主人，海音说她家的猫特别呆萌，好像一只猫就是一个完整的世界。"别人家的猫可能很聪明，可以自己去开门。我们家的猫胆子很小，非常迟钝。有的时候我出去倒垃圾或者吃饭，它会从门缝钻出来，在走廊溜达几个小时。经常吃完饭回来看见它蹲在门口，那一瞬间觉得心都化了。"

原来是拍王力宏

王力宏是海音念书时的偶像。当时正值新浪在美上市，来找海音的工作人员并没有说任何此次拍摄对象的细节，直到敲钟前，人群中一片骚动后王力宏登场。"其实他并没有穿得很特别，但就是觉得在人群中闪闪发亮。"海音幸福地说道。刚接到任务十分激动且心底略有不镇定的海音一直在跟拍王力宏，力宏助手甚至误以为海音是力宏的粉丝。直到拍摄任务结束之时，海音都一直不好意思主动跟力宏合影，后来是力宏的助手特地跑来邀请海音和力宏合影，才促成了她的心愿。

这不是海音拍摄的第一位明星，却是第一次拍自己的偶像。她说："你能想象以前你十分崇拜的人忽然站在你眼前的那种感觉吗？"她在说这段话的时候，正坐在纽约一家咖啡馆离窗户不远处的椅子上，刚好一直下雨的天气稍稍返了一点晴，微弱的阳光从她的后面穿过，把海音衬得十分可爱。

后来她又拍了很多明星艺人。但拍摄从来都不是简单的。很多艺人拍摄的时候都不止一套服装，但服装之间的换装时间一般只有十几秒，过了这十几秒就要换下一套。艺人的档期又比较紧，所以作为摄影师压力会非常人。海音说，拍摄的时候经常会涉及明星身着的品牌代言，所以在拍摄的时候不仅要把明星拍得漂亮，还要露出品牌LOGO。一些十分受欢迎的明星，身上会有多种代言品牌，从手表到包包，从衣服到鞋子，因为要露出全部 LOGO，这种类型的拍摄难度就会相对加大。

但海音不喜欢和拍摄对象沟通特别的拍摄动作，她更希望拍摄对象在拍摄中自然地顺着情绪来发挥。通常她都会和拍摄对象说一个悲伤的情绪，或者一个吃惊的表情，等等。

黑白条衬衫和纽约的冷酷时尚

在海音微博里的工作照中上镜率最高的是一件黑白条衬衫。海音说她做摄影师之后就很少穿裙子了，一般都以方便、舒适的衣服为主。"纽约好像有一个行业里的约定俗成，所有和时尚相关的人都会穿黑色，有的时候我们和一些来自其他国家的团队一起拍摄，大家一碰面着装都是一身黑。"她说刚开始工作的时候也略有抗拒，后来觉得从外到里都应该让别人认为自己专业。但也没有强迫自己穿黑色，只是在买衣服的时候素色会变成优先选择。

布鲁克林 Williamsburg 河边的一个地方是海音在纽约最喜欢的一处拍摄景点，站在河边，隔河相望，可以看见整个曼哈顿的Downtown。但因为一般拍摄都会选择一些地标处，所以她只是偶尔和朋友来这边放放风。三番和西雅图是她除纽约外喜欢的两个城市，前者因为多次往返，后者因为有一暑假之缘。她说三番的地形地貌更丰富，相对于纽约冷酷的时尚方式，在三番人们的状态也更轻松，比如大笑和大跳。这样的氛围让她感觉很舒服，她很喜欢这样的风格。

一半北京，一半纽约

　　"作为一个摄影师，人生的广度和深度决定了照片的高度。我需要强迫自己换一个地方多体验不同的环境和生活。希望在还有时间和能力可以折腾的时候，给自己带来更多不一样的东西。想要回北京再试一试在摄影上有没有更多的可能性。"她说。海音也于近期加入了美国癌症协会，作为委员会中的一员，希望用自己的摄影技术为这一非营利组织带来更多的关注。

　　新的一年，海音会有一段时间在北京筹备第二个林海音工作室。但是她没有特别具象的梦想，就像她以前拉琴的时候也没有梦想着做一流的小提琴手。她的梦想更多的是关乎一种生活状态，是一种无论在做什么都十分享受且有很大自由度的生活状态。

　　人生会经历很多角色的变化，从小提琴手到学生再到摄影师，她的初心从未变过。"重要的不是在做什么，而是为了什么在做。这个对我来说，是生活的初心和动力。"她喝了一口茶，慢慢地说道。

（2016）

赵勇

中餐连锁餐厅"君子食堂"创始人，耶鲁中国论坛创办人，耶鲁大学博士。

赵勇：用中餐搭建文化交流之桥

"十年前，我肯定没想过自己会开个餐厅。"赵勇笑着说。

哥伦比亚大学附近不乏各类餐厅，韩国、法国、意大利、美式和中餐，他们各自带着特色装修风格，往往掠过一眼便知一二。但只有这一家，窗明几净，没有华丽的灯饰，也没有厚重的牌匾，大门上方雪白底色上是薄荷绿的"junzi kitchen"，便是赵勇在美国开的第二家餐厅——君子食堂。

走进君子食堂，映入眼帘的是原木色桌椅，左侧的墙面上有黄色格子，上面挂着些许装饰画，右侧靠墙的是开放式的吧台。

我和赵勇坐在离门口最近的那张餐桌上聊了起来。

化繁极简

2015 年 10 月，赵勇在耶鲁大学所在的纽黑文市中心开了第一家君子食堂。不久后，他便开始寻求在纽约扩张。2017 年 6 月，哥伦比亚大学的店面开业。餐厅主打极简概念，将中国北方家庭日常的春饼和拌面，与美国最新休闲快餐式管理方式结合，让更多纽约客都能享受到中国家常便饭的美味和营养。

他说君子食堂中的"君子"取自中国传统文化"君子和而不同"的概念，而"食堂"则是来自大学校园的概念，洋溢着青春气息。

"我们做东西的标准就是不能（让顾客）一眼看到的是他们已有

认知中的传统中国，不管是对中国人还是美国人。中国现代文化需要被理解、被接受，我们不需要依附于龙凤、熊猫、灯笼等传统文化符号，"赵勇说道，"我们想给大家更广阔的对中国的认知空间。"

他说中餐本来是自然存在的东西，但在美国却只是被当作异国情调的载体，19世纪中期以来发展成为"美式中餐"这一充满曲解的单一的特殊"地方菜系"。在这种情况下，美国民众对中餐的接受其实也是扭曲的、狭隘的，大家的理解通常是一种边缘化。

赵勇曾在采访中表示："我们不介意被叫作中餐馆，但我们不玩民族主义，不需要走少数族裔文化路线，不需要去迎合美国人对中国文化和中餐的想象。"

以君子食堂内的设计为例。以燕尾榫结构为核心的原木色的桌椅与随季节变化的插画装饰辉映，没有传统中餐厅隆重的大红色，也找不到龙、竹子等被广泛应用的传统元素，一切都显得很自然、舒心。

在确定餐厅名字之前，赵勇和团队想了很多其他的名字，比如chive（小葱、韭菜）。寓意为团队在中国长大，在美国学习，他们在创造一个新的事物。他们找到在美国出生的中国小伙伴，让他们帮忙把所有美国能拼出来的拼音组合都尝试了一遍，看看是否可以在中文里发音和翻译。但由于一些传统老套的词语，如bamboo（竹子）、dragon（龙）、garden（宫）都不适合餐厅的定位，新开发的词又面临客户群接受度的挑战，寻找能代表餐厅和团队发展的名字着实花了一番功夫。

在品牌顾问的建议下，他们开始以品牌传播为导向进行头脑风暴。在这期间，赵勇和团队一直想要用现代化、乐观以及可以推动生活方式发展等关键词定位餐厅，在中华文化中"君子"的概念最为贴切，"junzi"五个英文字母两个音节，识别度非常高，于是名字应运而生。

但餐厅的装修设计却并非一帆风顺。起初，赵勇找了一位美国当地的设计师，但由于文化背景的差异和对文化底蕴理解的偏差，设计师不能完全会意"君子"一词在汉语中的含义，也无法理解其背后的衍生意义，这样就导致设计迟迟不能达到满意效果，第一家餐厅的开业时间也因此不得不一直向后延迟，这曾让赵勇一度陷入苦恼。

幸运的是，在一次君子食堂主厨组织的 Chef Table 中，赵勇遇见了目前君子食堂的设计师张旭辉。旭辉当时是纽约贝聿铭工作室的全职员工，在此之前他研究生毕业于康奈尔大学设计学院，本科在清华大学读建筑设计。旭辉对于现代主义建筑设计的理解与君子食堂的概念吻合，加之对君子食堂的前景十分认同，他欣然接下了店面的设计和测绘，并全心投入。

于是君子食堂在纽黑文第一家店的设计以简洁和全球化为核心理念，用水凝土、原色木材、金属原色、砖墙和整洁的线条体现其透明感，与君子食堂核心概念中的"真诚、好奇心、共情"相辅相成。

搭一座桥

2013 年赵勇去熊猫快餐（Panda Express）的总部进行考察，想要看看他们想做的中餐厅概念是不是一个坐井观天的想法。同时也想探究，如果尚未有人踏足其中，原因又是什么。

在美国，中餐厅总数 46000 多家，超过麦当劳、肯德基、温蒂斯、汉堡王的总和，而其中 95% 的中餐厅依然持续作坊式的经营，没有能力进行品牌和管理系统产业升级。当前中餐业在美国仍然以 19 世纪中、20 世纪初的老移民为主，那个年代的中餐代表是左公鸡和甜酸鸡，完全无法代表中餐的源远博大，更无法代表现代中国文化的巨变。

"很多人对国外中餐的概念都在中国城里，但中国城对于当下来美的中国人来说又是一个特别的存在，它既熟悉又陌生，你对它既因为表现形式有些许失望，又觉得它和你有一定联系。中国城是一个时代定格的产物，它能一定程度代表 19 到 20 世纪的中国移民史，但对于我们2000年后来美国留学的新一代国际华人来说，现代中国文化要比中国城丰富多元得多。"赵勇说道。

想要传播中国现代文化，就要想办法在中美关系中间构建桥梁，而美食就是最容易交流的媒介。从美食传播的角度，第一不能做太有年代感的设计，因为越具体越难以传播；第二要找到可以交流的食物，比如包子，虽然是中国传统食物，但不容易描述和交流，外国人也难以理解。

赵勇是东北人，春饼作为一种经典、简单的食物，寄托了他对家乡味道的思念。恰巧春饼看起来有点像墨西哥饼（又一道美国人发明的墨西哥菜），于是他想从做好春饼开始。

即使赵勇已经掌握了用平底锅做春饼的方法，但仍然需要找到一个机械化生产的途径，于是他想到了用做墨西哥饼的机器生产。但中国的春饼更薄、更有弹性，且墨西哥饼机器需要220伏的电源，所以他只能半夜到楼下房东的中餐馆里一次次试验。那时的赵勇还在耶鲁读博士，白天写论文，晚上做菜品研发，便是他的日常生活。

赵勇是环境工程科学家出身，这些年的学习让他对如何进行选择性试验，并在试验的失败中提取数据和经验教训，重新建立试验模型直至成功，有着深刻的理解和充足的经验。

"这样类似的（系统化、流程化的研发）细节贯穿我们所有厨艺的过程。"赵勇说。因为君子食堂的员工大部分是美国人。

君子食堂的春饼有五种选择：牛肉黄瓜春饼、豆腐彩椒春饼、猪肉野橄榄春饼、蘑菇佛手瓜春饼以及鸡肉羽衣橄榄春饼。春饼皮有白面和全麦两种类别，放在长方形的一次性环保型容器中。虽然不及国内春饼皮薄，也不如国内的饼皮透明，但相比于墨西哥卷饼皮，赵勇研发出的饼皮已有足够的弹性，一口咬下去很是筋道。配上清爽的黄瓜和腌制好的牛肉，刷上与国内味道几乎一致的甜面酱，虽然没有汤汁四溢，但也足够唇齿留香。

除春饼之外，餐厅的菜单上还包括炸酱面、打卤面和芝麻酱拌面。所有的菜肴都采用标准化流程，食客可以根据口味选择不同的肉和蔬菜搭配。四季时节不同，菜品也不同，君子食堂的员工只需在不同的服务台添加食材，就可完成一份菜肴。

据赵勇统计：君子食堂的食客 70% 是美国人，30% 为亚裔；一些美国人忠实粉丝甚至一周可以造访六次。

不拘一格

君子食堂团队目前约 70 人，管理团队 16 人，其中包括 7 名耶鲁大学和 1 名康奈尔大学毕业生。一些美国员工在来工作之前对中餐的了解极为有限，于是在公司聚会上，赵勇经常和外国员工一起讨论中国美食，也举办一些活动，比如炸春卷比赛。一方面让员工进一步了解中国文化，另一方面促进各国文化间交流，激发新菜品灵感。

为了拓展中餐的可能性和概念，也为了加入更多年轻化和具有时代感的元素，君子食堂会定期和艺术家合作，根据不同艺术家的背景推出 testing menu。比如之前与知名漫画家 Tango 合作，在菜肴旁边加入漫画的剪纸形式，配上诙谐的文字，让一道菜肴瞬间拟人化，有了灵魂，幽默了起来。

同时，食堂会定期推出 Chef's Table（主厨餐桌），一次 5 道菜，每次 20 人左右。很多时候会邀请一些在纽约的合作方和投资人，一起交流所见所闻和一些有趣的故事，以食会友。

赵勇坦言道："做君子食堂真正的难点不是把具体的东西在大城市做出来，更大的意义在于把它用极简主义的方式抽象出来。不管文化背景，很多亚裔、非亚裔的年轻人选择君子食堂，是因为这里的就餐环境更接近他们的生活方式，让他们更容易接受。"

从第一届北京大学元培班学生到耶鲁大学博士，赵勇一直接受的是主动型教育，他一直在探索如何解决人与人之间沟通和相互理解的问题，耶鲁给了他更大的空间去做他想要做的事情，特别是在零资源时，一个可靠的平台会带来有效的背书。

2010 年他创办了耶鲁中国论坛，那时他早已发现即使身在耶鲁，大家对于一些世界性问题的认知仍然略有缺乏，他想要通过耶鲁的平台让业界人士对这些问题更集中地讨论。

"我们这一代中国年轻人逐渐变成了具有主体意识的人，在创业的探索中逐渐寻找到自信。这种自信来自一种新的归属感：我们既是世界公民，也是中国人。"他说。

（2018）

吴冰

实时协作在线文档工具"石墨文档"创始人，哥伦比亚大学硕士。

吴冰：影响我人生的两个选择

冬末春初的纽约还扭捏地下着小雨，微冷。吴冰身着一件白衬衫，套了一件麻色亚麻材质的休闲西装板板正正地走了过来。接了一杯柠檬水，说道，他一直有一个愿望，就是在纽约这个教给他太多的城市，彻底地讲述一下自己这几年的创业故事。

"我曾经失败到什么都不是"

吴冰说，他做的第一个最正确的选择是在合适的时刻放弃在美国的一切，义无反顾地回国。

2007 年 8 月，吴冰怀揣着美国梦来到哥伦比亚大学攻读计算机硕士学位。

刚来纽约不久，吴冰的一个朋友带他去了第六大道，指着那些林立的高楼跟他说这些高楼里面都是投行。虽然那时他对投行没有深刻的概念，但却觉得从事这一行业的人都是佼佼者，于是在心里暗想，如果毕业可以来这些地方工作，大概就完成了人生的终极目标。但那时他觉得自己只有 1% 的希望可以做到。

"我那个时候的状态很不自信。我从来不觉得自己很优秀，因为来哥大读研究生的人都太厉害了，我觉得自己很卑微。直到毕业之前我都不觉得我可以来这里工作。"他说道。

2009 年吴冰硕士毕业，母亲要求他经济上自给自足。当时美国正值经济危机，工作形式严峻，很多有十几年工作经验的美国人被裁员，每天生活在不知是否可以找到新工作的未知中。中国毕业生想留在纽约，除了要面临零工作经验的挑战，还有工作签证的难题，这让本已艰难的路径变得难上加难。

毕业后的大半年里吴冰找不到工作，几近精神崩溃的边缘。为了省钱，他搬去了距离曼哈顿需要坐一个半小时地铁的 Benson Ave。"我那个时候不敢进城（曼哈顿），2.25 美金的地铁票对我来说， that's too much，"他说，"如果同学聚会，要一杯 drink，七八美元，我完全支付不起。"

吴冰想过移民加拿大，于是他去了一趟蒙特利尔，英法美三国文化交融的蒙特利尔美丽得让他动心，回到纽约后，他开始和朋友一一告别。

他和一位在纽约很好的朋友说："我准备离开纽约，这里我尽力了，但纽约不留我。" 这个朋友沉默了几秒钟说："吴冰，你知道中国有一句古话：'曾经沧海难为水。'纽约这里的一切都是 the best of the best，每天这里都有很多 amazing 的事情发生。你既然来了纽约，就不要去别的地方了。"听了这番话，吴冰决定留下来。一个月后，他拿到了巴特莱银行的 offer，是同学里面最好的。他决定接受，并在那里工作了两年。

吴冰所在的部门，是核心技术部门。管理每天千万量级的数字化交易，控制维护着整个后台服务器的运作。他的一行代码，可以影响几十个几百个全球的程序员的工作，一秒钟就能影响几百万的股票交易。

决定回国是因为某天的突发奇想，他想回国帮助父母做软件企业。他坦言："其实当时自己很自负，社会经验十分不足。回国根本就没有管理经验，甚至我不知道国内的情况。"

"想法很幼稚，但是这不重要。重要的是，我回国了，并且在一个正确的时间点。我在父母的公司里折腾了一段时间。那两年，那个环境可以容忍我犯错。犯了很多错误后，我就更了解中国，也不会像一开始那么不靠谱，能更接地气。"吴冰说。

回头来看，吴冰认为在巴特莱他学到的重要一课是如何与人交流。"再回头看的话，我可能不会在那里待那么久，我可能想再去硅谷感受一下，再回国。"

吴冰在纽约经历过天堂般的生活，但也曾表示那段日子他有下了十几层"地狱"的感觉。

"那一段其实是我人生非常大的磨炼。在那之后我觉得我的人生里不会再有东西可以把我牵制住，因为我曾经失败到什么都不是。从那之后做任何一件事，我都可以轻装上阵，去勇敢地追求我想要的东西。"

有了创业的想法，马上就执行

"我觉得学计算机的人内心里都有一个科技创业的梦。"吴冰说。

回国两年后，开始想是否开始创业，但是略有犹豫，因为他知道创业很辛苦："我妈当时推了我一把。她说：'你一定要去做你想做的事。'"

2014 年初吴冰找弟弟吴洁聊起创业的想法，随后俩人拉上吴冰的大学同学陈旭一起组成了创始团队。浪漫主义情怀及理想派作风的吴冰，更理性的吴洁加上接地气的陈旭，虽然他们在中国互联网行业没有人脉，但就这样决定开始一搏。

他们讨论了三个方向：任务管理、企业即时通信软件和在线协作文档。最后综合当时团队擅长的产品技术优势以及对后续市场发展的判断，决定做在线协作文档。

刚开始做产品的时候，36氪的众创空间氪空间开始开放创业入驻。

第二期氪空间 36 氪办了一个 Demo Day 的活动，兄弟二人按捺不住好奇，就去看了看，并在现场找到机会做了 Demo。

那会儿石墨的产品刚做了三个月，还有很多不完善的地方。"给别人 demo 的时候我们都要问一下研发，得确认他们测试好了，别出了问题。"吴冰笑着说。

幸运的是，那场 Demo 吸引了很多工作人员的注意，随后石墨文档加入氪空间，算是正式迈进了互联网行业，不久后获得了 800 万人民币的天使投资。

2015 年 6 月，石墨文档以极简的设计风格正式上线。吴冰说他们兄弟二人对设计美学颇有研究，石墨的产品感来自他们的血液。

但好景不长，资本寒冬来袭，石墨也未能幸免。吴冰提到 2015 年 8 月还有投资人陆续伸出橄榄枝，但他们最后却因为犹豫而错失了机会。

同年 10 月，团队意识到资本寒冬对融资的影响，但为时已晚。11 月整个团队开始降薪。12 月吴冰开始疯狂寻找投资人。"有的时候一天见三四个投资人，最多的时候一个月见了 70 多位，"吴冰说，"后来在北京不能打车。打车赶不上，必须得坐地铁。"

2016 年石墨拿到了第二轮融资。而这一轮融资还要归功于吴冰、吴洁两三年前在家里组织的 home party。

受纽约文化的熏陶，兄弟二人刚回国时在北京当代 MOMA 小区租了一间公寓，经常组织高学历海归的聚会。吴冰调侃说，有一段时间京城曾流传着一句"吴冰、吴洁的轰趴你去过吗"的说法。也是在一次聚会上，他们遇到了公司后来的重要投资人和导师——赶集网、瓜子二手车创始人杨浩涌。

虽然在聚会上他们并没有成为熟络的朋友，但留下的联系方式为后面的故事埋下了伏笔。

为融资而焦头烂额时，吴洁想起了杨浩涌。商业计划书发过去之后，对方很快有了回复。杨浩涌成为公司投资人后，也给吴冰带来了很多帮助和很有价值的指导。"浩涌经常说，CEO 做好三件事，找人找钱找方向。CEO 做事的时间尽量少一些，花更多的时间找人。找不到正确的人，CEO 就会花更多时间补救事情，这样根本忙不完。找到正确的人，才是关键。"

资本寒冬期间，公司困难重重，吴冰不是没想过放弃，他想过卖掉产品或者公司。"但睡一觉就好了，睡一觉继续（找融资）。"吴冰说，"我很感谢我在纽约的这段经历。纽约城市气质里的乐观让我敢于去尝试和面对失败。"

吴冰说，离开父母的公司后，有了创业的想法马上就开始执行是他做的第二个正确的决定。

"有的时候不要有太多顾虑。做和不做的区别是最大的，做得快和做得慢反而没有那么重要。"

2018 年 1 月，石墨搬进了位于三里屯的新办公室。简洁的装饰、淡雅的风格、清新的环境，应了石墨如沐春风般的产品体验。

（2018）

王典典

　　本科毕业于布朗大学。微博美食"典典吃喝教主"的博主，每一种食材在她手里好像都被赋予了更鲜活的生命。

王典典：才不要只做一件事

"我永远都闲不下来，很多人问我为什么不把工作辞了，专心做微博，可是我总觉得人要同时维持很多种身份才有趣。"

30 万步丈量巴黎美食

典典和美食缘分的开始或许来自初三那年她独自一人到法国布里塔尼做交流生的经历。她在法国的家里第一次做了回锅肉。"我那会儿做菜是查的菜谱，比较尴尬的是法国菜油烟很少，但是回锅肉的油烟很大，于是当时整个家里都是回锅肉的味道。"她笑着说。

回国后无意间她看到了一篇文章，推荐了巴黎街头一定要吃的 10 种小吃，抱着猎奇的心态点开文章，却令典典大失所望，很多小吃是她在巴黎街头没有见到的。典典和朋友聊起这件事后，决定自己写一份测评攻略。

于是当她再一次回到巴黎时，她用 30 万步丈量这座城市，选出 30 家店铺，很认真地写下了 20 多家店铺的测评，那是她第一次正儿八经地写餐厅测评类文章。

"大家看公众号是为了获取信息的，但如果信息是错误的，那还不如不写。"典典说，"我不是每家拍拍照就完事了，我是买几个甜点，把横切面展示给大家，介绍甜点以及告诉大家这份甜品为什么这样搭配。"

比如，典典在写法棍测评的文章时，会告诉大家从外表看什么样的法棍是上乘的，它应该是什么颜色，捏起来会是什么手感，横截面切开气孔应该呈什么样子，为什么会是这样。

再比如，一篇肉酱的测评文章，她会从淘宝上买来很多肉酱，一一品尝后再给大家做相关推荐。

"吃过再推荐是我最坚持的原因，如果没有吃过的东西，就很难描述口味和口感。"

美食是一个完整的体验

典典说小的时候她的父母经常带她解锁《美食美酒》杂志上面的推荐。杂志推荐的北京和上海的店面居多，因为小学和初中周末闲暇比较多，周末他们一家三口经常飞到北京和上海吃东西。

"我爸妈特别喜欢找好吃的东西，尤其是在酒方面。他们现在也经常给我一些指导。"典典说。

现在白天典典是银行里做外国相关业务的金融工作者，下班后她的时间基本都花在了寻找美食和陪她的柴犬 Haru。

京都的一家米其林一星怀石料理给典典留下了深刻印象。餐厅坐落在山里，走进去首先映入眼帘的是一个很漂亮的日本庭院，满庭绿意，流水鸟鸣环绕。推开门就是一个特别朴素的榻榻米。店里用的餐具十分精致且高级，随手拿起的一个小酒杯可能都值 5000—6000 人民币。

"虽然很多店都有好吃的东西，但是环境和一些细节还是会给人留下很深刻的印象，你会感觉到它把所有的东西都融合在一起了。"

混迹于美食圈，典典认识很多有趣的厨师和餐厅老板。一次上海一家餐厅主办一个美食节，餐厅搜罗了八个拥有米其林餐厅的国外厨师到访参加。其中有一个厨师提前一个月把他花园里面的土和菜一起运到了外滩的后院，认真种好，美食节烹饪的时候只用他带来的菜。

她讲完这段经历，紧接着说："饮食不只是把东西放在嘴里品尝味道的过程，它是一个完整的体验。"

话音落地，空气中好像飘着美食带来的幸福感。

布朗教会了我如何做选择

布朗四年最重要的一课，典典学到的是如何做出选择。

就像毕业典礼时校长曾经说过，布朗之所以会有很多开放性课程，是要教会大家如何做出选择。人生会有很多选择的机会，当所有东西摆在眼前的时候，我们需要知道如何取舍。当你知道你喜欢的东西是什么以后，就会花精力和时间去研究和琢磨。

"比如我喜欢潮汕菜，我就会去吃，去读书，去找人聊，去研究，研究型学习的能力是布朗教给我的最重要的能力之一。"

典典说，学习的内容或许不是那么重要，和教授以及前辈学习思考方式和看问题的角度才是最重要的。

六年前我和典典是人人好友，那会儿她的主页里就经常会有她烹饪的让人垂涎欲滴的食物，于是我问她有没有想过开一家餐厅。她说，以前特别认真地想过要不要开一个贩卖创意食品的餐馆，比如说煎饼果子里包炸鸡等等，后来觉得现在的自己或许还是更适合做美食测评。

"如果可以再选择一份职业，你会做什么呀？"

"传媒吧。"

末了，她补充一句："不过不会和吃相关。"

（2016）

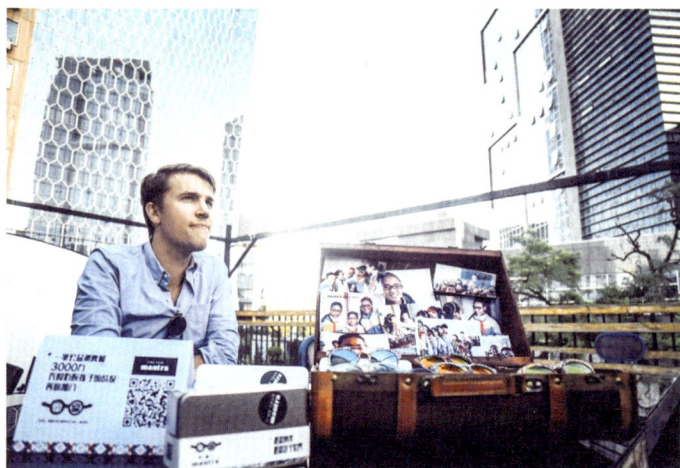

魏文杰

　　潮牌墨镜 Mantra 创始人，每售出一副墨镜将为云南山区的孩子捐赠一副眼镜。入围 2018 福布斯亚洲地区 30 位 30 岁以下商业领袖榜单，哥伦比亚大学毕业生。

魏文杰：4 年为山区孩子捐赠 1.6 万副眼镜

2010 年毕业时魏文杰（Sam）决定来中国，但并非去北京或者上海等大城市拿高薪做白领。"这样的机会以后会有很多。年轻的时候，还是应该做一些既有趣又有意义的事情。"他说道。

从"美丽中国"到"点亮眼睛"

魏文杰在不同的文化背景中成长，在荷兰出生，在英国、苏格兰和美国长大，高中毕业于科威特。他说他没有一个稳定的家乡，自己也不是一个寻求稳定的人，他想去一个完全新鲜的地方体验和学习。于是毕业后他直接加入了"美丽中国"，成为了云南省临沧市第一批外籍老师中的一员，在涌宝镇里度过了两年。

正式教课前项目组提供了一些教学培训，但由于文化背景不同，刚到山区的 Sam 仍然不是很了解当地上课的情况，如何给学生上课对他来说成了一个巨大的挑战。

项目初期他很难控制学生。"我不知道在中国的课堂上要喊孩子的全名，我一开始都用小名去叫他们，这样就会让他们觉得我是他们的哥哥或者是朋友，就显得非常不正式。" Sam 说道，"有一段时间我每天都觉得我在辜负孩子，因为我不能让他们听话地读课本。"

后来 Sam 将更多的时间和精力花费在学生身上，认真备课，找时间给孩子们补课，情况逐渐好转，他班上同学的成绩甚至超过了本地老师教的成绩。

但他和一起同行的伙伴却发现了另一个问题，一些同学因为视力下降看不清黑板，使原本就不拔尖的成绩更加落后，这样导致孩子们慢慢产生了厌学感，甚至会放弃自己的学业。

"美丽中国"的几个小伙伴决定为这些孩子做点什么，他们开始构思为这些孩子提供眼镜的项目，创始人 Andrew Shirma 为其起名为"点亮眼睛"。前期酝酿了近一年，2012 年春天项目在云南三所学校第一次运行，那时 Sam 是项目的一名志愿者。

第一年他们根据孩子们的情况直接给孩子们提供眼镜。但随后他们发现孩子们可能不会每天佩戴眼镜矫正视力。他们意识到不能只给孩子们提供眼镜，更重要的是要教给他们怎么使用眼镜和爱护眼睛。于是第二年，他们找来市里眼镜店里的验光师，让孩子们体验了配镜的整个过程的同时，也注意教给孩子们一些爱眼护眼基本常识。

"美丽中国"项目结束后，一同发起"点亮眼睛"的几个伙伴因个人发展需求，只留在 board 里关注支持和执行，项目由 Sam 和 Andrew 兼职运营。

但是，当 2014 年 Sam 和 Andrew 从追踪数据得知，捐赠一副眼镜学生的成绩可以提高 14 分时，俩人当即决定辞掉工作，全职运营"点亮眼睛"。

如今，项目运营了 4 年，从 3 所合作学校发展到 40 多所，"点亮眼睛"已免费为云南山区的孩子们捐赠了 16,000 副眼镜，也为南宁地区 250 所中小学校 116,000 人进行了免费视力检查。

Sam 和 Andrew 有了一个更远的目标：在 2020 年，为云南所有有需要的孩子们提供一副眼镜。

越爱臭美，越爱这个世界

在中国做公益，筹款成了 Sam 和 Andrew 要面临的大难题，俩人想到了在美国盛行的"买一捐一"模式，并决定把这个模式带入中国。

他们创立了中国首家"买一捐一"的公司——公益潮牌 Mantra。每卖出一副墨镜产品，他们会将其中的一部分收入用来给山区的孩子捐赠他们需要的眼镜。

Mantra 的英文释义是一个人在生活中非常重要的信条和初心，中文可以翻译成信念。

Andrew 在一次采访中提到，Mantra 通过"越爱臭美，越爱这个世界"的口号，想让大家知道，即使是一次非常普通的购物，也可以有很大的影响，他们想让大家能更容易地帮助别人。

创立 Mantra 的初期，迫于房租压力，Sam 和 Andrew 选择在廉价的地下室办公，暗无天日，夏日阴湿潮冷，冬季没有暖气，寒冷难耐。

然而最大的挑战莫过于他们不确定中国人是否会接受"买一捐一"的概念，也不知道中国人是否会对这一概念感兴趣。同时他们也遇到了很多创始企业都会遇到的问题，比如怎么做推广，怎么找到供应商，怎么保证品质，怎么保持很酷的设计等。

"尽管我们没什么经验，我们不了解墨镜行业，也不懂怎么经营公司，或是如何在中国做电商，但是我们选择了坚持。有很多次我们遇到瓶颈，差点放弃'点亮眼睛'或者我们的墨镜品牌，但是我们没有，我们决定坚持下来，不管别人说什么。"Sam 说道。

Mantra 的设计灵感来自云南，分为手制印记、云南印象、梯田之光、黑色鸬鹚四个主题和新品古都系列。每副 Mantra 墨镜，都配备了防护 UV400 系数最高的顶级偏光镜片，将来自美国的制作原料和中国深圳的环保制作工艺结合在一起，以中国云南的设计元素为核心打造出全球化生产的设计师款墨镜。

Sam 和 Andrew 选择了最接地气的三轮车摆地摊的售卖方式。他们通常是一个人在车头带着车往前走，一个人在车尾推。有时半路遇见车链脱落，他们就得停下来修车，修不好的时候就推车走到目的地。

那辆三轮车后面有一块木板，木板上铺着一块墨绿色的布，布下面有两个红色的宝箱一样的复古盒子，里面有 Mantra 的宣传资料、墨镜，还有支教的照片。他们摆摊的时候在摊位左右两边各挂一个画轴，一边写着公益潮牌，另一边则写着买一捐一。

有的时候 Sam 会自己骑车去三里屯售卖。如果在夏天的北京你看到一个人身着白色衬衫，深色齐膝短裤，红色帆布鞋，骑着两边不能坐人的三轮车，车后面还有一块鼓起来的绿布的话，那个人八成就是 Sam。

"当我们和顾客讲述了我们的故事以及我们为什么做这件事以后，大家的反响还是不错的。"Sam 开心地说，"他们也会和身边的朋友分享这样的故事，毕竟可以做有意义又透明的公益是一件好事。"

每一副 Mantra 墨镜都会配有一个捐赠代码。这个代码代表的是顾客通过买墨镜捐赠的那副眼镜。顾客可以在微信后台的追踪程序里输入代码，查询自己捐赠的眼镜到达孩子手里的全过程。

这样的流程既增加了捐赠的透明度，也可以让大家觉得自己是这个公益项目的一部分。

当越来越多人知道 Mantra 的故事后，有人愿意提供免费的办公室，也有人愿意提供免费的零售空间。

坦诚地讲，Sam 曾经想过要在中国留多久的问题，但当下他对未来没有过多的考量，他说捐赠眼镜这件事情还需要好几年来实现。

"我真的觉得，如果我可以让更多中国人知道'买一捐一'或者社会责任的概念，这对我来说很有意义。"Sam 说，"我很愿意把我的时间贡献出来，把 Mantra 做成一个例子，告诉大家公益和商业是可以融合的。"

（2016）

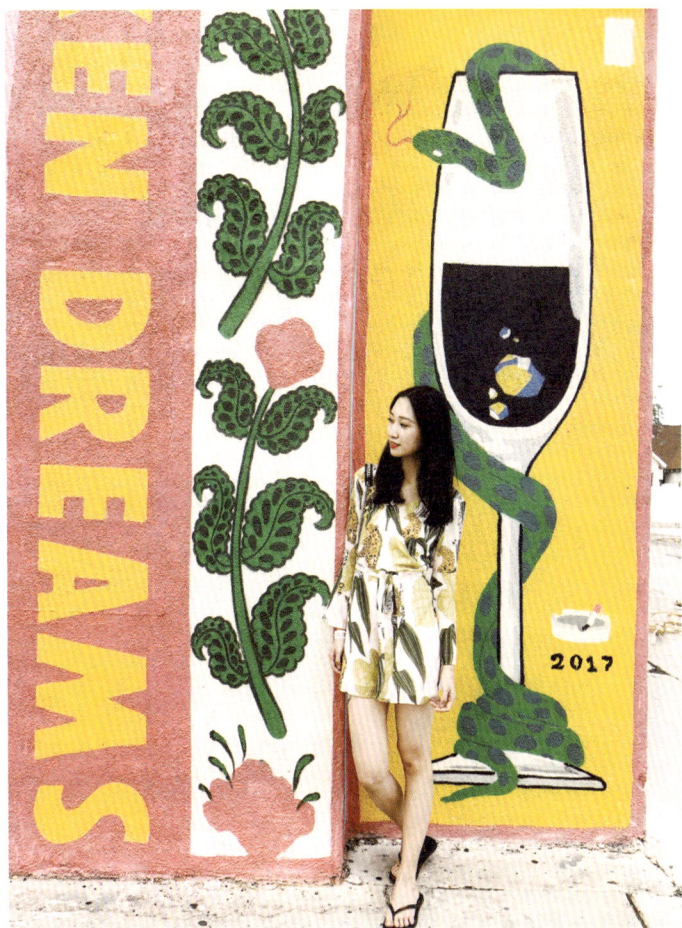

石旻玥

　　旗袍服装品牌"石榴集"创始人，入围 2017 福布斯中国 30 岁以下精英榜。曾 365 天穿旗袍游历世界，本科就读于布朗大学。

石旻玥：我没有理想的生活

在穿旗袍的第 365 天脱下旗袍的那一刻，她说，她觉得过去的一年像是一个梦。"好像什么都没有发生一样，瞬间回到了原来的世界，过去的一年真的很梦幻。"

石旻玥，布朗大学艺术史专业。2014 年 5 月 15 日—2015 年 5 月 14 日，她穿着旗袍走四方。去泰国办画展，在纽约看百老汇，绕着青海湖骑行，在墨西哥穿旗袍潜水。而在这之后，她做了一个重要的决定。

"我可能不会回布朗读书了"

在《可我就是爱旗袍》出版后，旻玥的生活被签售等活动填满。但更重要的是，她下定决心开始了与旗袍有关的创业项目，一如两年前开始行为艺术时的果敢与倔强。

回想第一天穿旗袍的情景时，她自己写道："第一天穿旗袍上街，想着终于要开始一个为期一年的旅程了，兴奋得早上闹钟一响就触电一般从床上弹起来。"那天，她精挑细选了一件款式简单的淡粉色棉麻旗袍，一米三的长度恰好到小腿肚的一半。然而走在路上无人问津，确实让姑娘心里很失落。可一年后，她对行为艺术的理解早已超出了字面上——在特定时间和地点由个人或群体行为构成的一门艺术——的释义。

"行为艺术不是为了别人，也不是为了输出观念。而是我自己有一个想法，我想把它表达出来，或者我从中可以学到什么。"旻玥说道，"行为艺术可以让我把我的价值观先展示出来，而后相同价值观的人会自动聚集。"

在旻玥看来，行为艺术是一个生活实验，它的意义不在于其他人的反应。换句话说，无论别人有没有反应，有怎样的反应，都是一种结果。但她却因此而结识了那些有相同价值观，真正理解她或者喜爱旗袍的朋友。

她说，最天真的那种热爱才是最适合自己的。小时候她想过学习设计，后来还是学了艺术史。但偶然间却因《纽约时报》的一篇报道与伦敦时尚策展人 Gemma A. Williams 结缘，最后担任其助理，并主要负责中英文翻译工作。在此期间，她经手了很多设计师的采访原稿，也慢慢地理解了关于这个行业的各种趋势。她觉得中国的原创设计行业从 2008 年开始真正起步，现在正处在一个初始阶段，有很大的想象和成长空间。中国正在经历产业升级，未来一定会有更多人为原创买单。

"翻译中国设计师的采访观点让我觉得这个行业的青年设计师正在形成自己的理念和行业规范，这让我觉得行业不再是一个问题，最终结果如何取决于自己。"

旗袍和最美的你

在做行为艺术之前，她对旗袍的理解还停留在旗袍是一件衣服或者是一件有文化内涵的衣服的基础上。但当旻玥真正深入旗袍行业的时候，她逐渐发现了在生活中穿旗袍的意义。

在过去的一年里，她曾结识一名上海姑娘。姑娘是上海某公司的普通白领，长相普通，性格内敛，从未受到过多的关注。但有一次姑娘因为白天要上班晚上要参加活动，中间来不及更衣，便身着旗袍去上班。让姑娘没有想到的是，那天一进办公室，所有男同事都被她的美丽所吸引。那是姑娘第一次受到这么多人的关注，也是第一次觉得自己这么美，于是姑娘从那一刻开始爱上穿旗袍。

昃玥说，定制旗袍在很多地方处理的时候都会特别修身，很多时候平凡的姑娘一旦尝试，就会深深爱上。

另一名让昃玥记忆深刻的姑娘是来自四川眉山的坛坛。坛坛原本是当地的建筑设计师，后因觉得工作乏味，加之想做一名真正的手艺人，遂辞职。辞职后，她想做一名旗袍匠人，于是在自家的车库里从零学起。有一次因为盘扣做不好，她早上 5 点就把自己锁在车库里，直到半夜时终于做出了一个让自己很满意的盘扣。昃玥说坛坛有一个做 100 件旗袍的计划。两年没有收入学做旗袍的日子里，她把做好的每一件都放在网上，慢慢地做出来的旗袍一件比一件好，也开始被人注意，甚至有人开始去找她定做旗袍。

"与其他旗袍匠人不同的是，坛坛姐有建筑设计师的思维，"昃玥说道，"量完尺寸后，要拍三面图。而且每个人都有自己的版，版型会留在办公室里。坛坛姐说，做旗袍要以人为本，衣服是人的第二皮肤。她有自己的一套旗袍理念。"

1930 年后最好的时代

这一年，昃玥穿了 40 到 50 件旗袍，保存下来的大概有 20 多件。而她最喜欢的是一件购于新加坡的墨绿色的旗袍。

"新加坡的旗袍很有趣，它是一脉相承的。20 世纪六七十年代的时候南方人移民去新加坡时，把旗袍文化一并带去了，包括老上海的旗袍风格。新加坡旗袍比较紧身，印花更带有热带风情和几何图案。"

昃玥说旗袍是时代的一个折射。比如 20 世纪 30 年代流行扫地旗袍，40 年代短裙式正当时，建国之后旗袍在大陆越来越少，直到

2008 年奥运会人们开始关注传统元素，继而旗袍文化开始复苏。旗袍随着年代经历了下滑到缓慢回升的阶段，但距离巅峰时期还有很长的路要走。

近年来，越来越多人因为自己是中国人而自豪。文化输出建立在政治经济的舞台，同时政治经济的发展程度也决定了文化是输入方还是输出方。很多华人设计师开始学成回国，旗袍正在经历焕发新生的过程。那破土而出的趋势，虽有一定局限性，但却可以感受到一股向上的力量，可以看见新锐设计师们在市场化的过程中的逐步探索。

"我感到非常踏实，也希望尽自己所能推动中国设计行业发展。所有难的事情在没有攻克的时候才会觉得难，攻克了以后都是过眼云烟。"

昊玥最大的理想就是把旗袍与品牌合二为一。

"我没有理想的生活，当下的每一天都是理想中的生活。"她笑着说。

（2016）

吴争

哈佛社会创新种子社区 SEED 创始人，哈佛大学博士。

吴争：不只是书生

我和吴争在哥大附近的一家餐厅见面的那天，他穿了一件黑色的格子衬衣，外面套了一件灰色的外套。一张半成熟的面庞，戴着一副黑框眼镜，透露着浓浓的书生气质，映着纽约刚入秋的微风习习。

一顿早午饭的时间，他多次把自己描述为"切大脑的"，我笑着问他为什么这么称呼自己，他很认真地和我说："'切大脑'也很有趣啊。"

感谢死亡

在长江边上出生与长大，看起来并不出众的吴争是有水的灵性的。他平淡的话语里似乎总带着些让人抓不着的波涛汹涌的细节。

几年前人人网还流行的时候，吴争的一篇《感谢死亡》带着一股浓浓的文艺气息拂过那个被称作"博士屯"的地方。

我问他为什么在二十岁出头的时候要写一篇看似如此沉重的文章，他说那段时间在读《沉思录》，于是开始思考死亡。"我觉得人在某个特定的时间都会想到死亡，可能有的人三五岁的时候就会想，但是我想得比较晚，所以那个时候比较忧郁，就看看书，和别人聊天，最后就写了个东西出来。"

"我常常在黝黑的夜晚，从机舱里俯瞰下面的城市，文明的星光好似飘浮在虚无之上；在大海之滨，望着冉冉升起的朝阳，灼热的红光驾着浪花奔卷而来；在金秋十月，立于新英格兰众山之巅极目远眺，看万千的枝叶遮掩、衬托，幻化出千万种色彩。我感叹人类的璀璨文明、自然的美轮美奂、造化的鬼斧神工，却又忍不住唏嘘生命的朝生暮死、宇宙的变幻莫测、命运的反复无常。这几十亿年的宏伟历史里，我只不过是一个刹那间的存在，在属于自己的位置上，一凿一錾默默雕刻着时光。在这里，出现过而且还将出现许多需要我仰望的正直而优秀的灵魂，他们成就了而且还将成就许多我永远无法企及的事业。能够存在着，见证这样的伟大，我心满意足。感谢死亡。"

用吴争自己的话讲，他写东西是艰难的，他说他晚上睡不着的时候就琢磨，一旦有文思出来，就会马上起来动笔。

没有灵感或内心杂乱时，他便会去查尔斯河边跑步。他说跑步对他来说，是冥想和放松自己的过程。

在那条绵延不断的慢跑道上，他见过身穿印有哈佛标志深红色 T 恤、晃着马尾辫跑步的英姿飒爽的本科女生们，也见过骑车、轮滑抑或欣赏岸边风景的人，有的疾步如风，有的迈着小碎步，还有人在岸边驻足。

八年后，坐标换到了纽约，离开了查尔斯河，他的跑道换成了哈德逊河，从上西区一路向下，跟着晚霞追着日落，感受这聒噪城市黄昏时的些许安宁。

吴争说他本是腼腆害羞之人，和别人打交道会很不自在，但他的性格却在波士顿发生了改变。

"去哈佛读博士以后，开始想做一些事情，于是强迫自己不停地和别人讲我想做什么事，为什么做这件事，我希望你加入进来。见到人就讲，经过了三年，我的性格就发生了变化，变得更加开朗。"

他说，波士顿是他的第二故乡。

此岸的波士顿，彼岸的长江

这位在长江边上长大的少年，或许小时候并没有想过有一天会在美国东部的一个文艺聚集地待上八年，更不会知道波士顿的那八年会给他的生活打上如此深的烙印。

除了哈佛的实验室之外，吴争最怀念波士顿哈佛广场那家叫作Le's的越南米线。这家提起来就让吴争充满暖意的餐厅见证了一个组织的诞生，也听过他与不同伙伴聊过的种种想法。

我和他聊起了 SEED 和 SEED 之前的事儿。

提到这段经历，不得不提到一个叫陈蔚的青年。吴争初识陈蔚，是在 2010 年秋的一个尼采读书会上，两人相聊甚欢。后来读博士的吴争和读博士后的陈蔚在经常碰头的米粉店鼓捣出了一个专门研讨中国问题的学社。

而后，在入了冬的波士顿，与中国相关的公众话题讨论会逐渐上演，燃起了很多年轻人内心深处的火苗。一年后，学社顺利举办哈佛辛亥百年论坛，也是在此之后，另一个组织逐渐浮现。

坐拥波士顿的众多教育资源，两人想培育一批"有公民精神的青年领袖"。

在中国，人和人之间没有有机的联系，吴争想通过组织一个社团的方式，让一批青年在这个过程中学习如何沟通、交流和表达自己的意愿，甚至学会如何为了一个共同的目标做出相应的妥协和牺牲。他说他想要把公共参与的精神和理念传播出去。

"有了公民意识，国家的共和和民主才能有保障。"他说这句话的时候，那黑框眼镜后的双眸闪烁着别样的光辉。

如果说第一个学社是更思想化的组织，那么 SEED 则更注重实践和社会创新。它的名字从"公民领袖种子班"，到"哈佛公民与社会创新种子班"，再到现在顺势发展而来的"哈佛社会创新种子社区"，由四个英文缩写而成的 SEED 的核心价值观从未变过：社会责任感 Social Responsibility，共情力 Empathy，增权益能意识 Empowerment 和专注精神 Dedication。

"公民两个字因为政治性太强，后来就去掉了。"吴争咽下一口橙汁说道，"为什么要叫公民呢？我们最早提倡公共参与，目前讲得更多的是社会创新。虽然越来越'温和'，但不管怎么说总比不做好。"

也因如此，这位说起话来慢悠悠的书生曾经写下这样的文字：

"站在查尔斯河北岸，我望着脚下不知疲倦的流水，心想自己有一天，也将同这条河流一起，汇入大海。只是在这之前，我还有一些不得不做的事情。现实在此岸，理想在彼岸。一些先驱者们，已经举着火炬早早地渡过河去，责怪我们'为什么还不过来'。可是更多的人，自觉或者不自觉，依然却步于这捉摸不定的河水，没有做好渡河的准备。我只能掉过头来，或挽或扶，牵着他们的手，引着他们自己过河。我并不着急，因为我相信这是一件不朽的事业。我会一直忍受踏上坚实的岸边的诱惑，一直向雾霭中的彼岸挥手。"

2012 年夏天在 SEED 第一期毕业典礼时，吴争说希望五年后 SEED 可以成为一个几百人的社区，希望很多年以后 SEED 的很多人可以成为中国的中流砥柱，可以影响身边更多的人，可以把公共参与和社会创新的理念传达给更多人，让更多人按照自己的想法去做对社会有益的事情，让社会更自由、更公正。

虽然第一期 SEED 结束后，由于种种原因吴争退居幕后，但他仍被大家视为 SEED 的精神领袖。他说一个组织诞生后不属于某一个人，虽然他是发起人，但是 SEED 逐渐有了自己的生命，所有参与的人都可以给它生命，它有它自己的成长方式。

而今，那个五年前他和他的朋友们一起创立的组织已经有 200 多名种子青年，他们分布在世界各地，做着与社会创新有关或无关但都很有趣的事情。比如益桥的创始人之一王赛在 SEED 认识了其他几个有共同想法的伙伴。

虽然吴争当前大部分的时间都在做研究，但他并没有从 SEED 全身而退。我问他"你的梦想是什么"，他用罗素《我为什么而活着》中的一句话回答了我：对爱情的渴望，对知识的追求，以及对人类苦难痛彻肺腑的怜悯。这位博士论文研究"小鼠父母行为的神经基础"的科学家更期待自己可以在科学上有新的发现。

他还是会经常往返他的第二故乡。比起纽约，他觉得波士顿更加理想主义，更加文艺，也有更多有意思的人。

我问他："你觉得你是有意思的人吗？"

"我觉得我一个'切大脑'的做了 SEED 就还挺有意思的。"吴争说道。

（2016）

万柳朔

　　无界空间创始人及 CEO，入围 2018 年福布斯中国 30 位 30 岁以下精英榜单。无界空间于 2018 年 3 月与优客工场合并。万柳朔毕业于康奈尔大学。

万柳朔：创业好比打怪升级

"我小的时候喜欢玩超级玛丽，初中高中打魔兽，再后来玩RPG。我觉得现在的生活和RPG很像，因为你永远都在过关。"万柳朔（以下称Randy）笑着说道。

在康奈尔看见更大的世界

Randy出生于中国，八岁随家人移民洛杉矶。在陌生的语言和文化环境下，Randy形成了善于交友的外向性格。加州自由的休闲之风也塑造了Randy性格里随和的一面。成年之时，Randy纠结于大学选校之中，一面是西海岸的伯克利，而另一面是东海岸与加州风格截然不同的康奈尔。

"我的高中里大概有30个同学毕业后去伯克利，基本都是好朋友。但康奈尔一个都没有，我去的时候因为一个人都不认识，所以有一段时间觉得很孤独。"然而愿意冒险的他，最终选择了康奈尔，也为他现在做的事业埋下了伏笔。

康奈尔教给他最重要的两件事：一个是思维方式，即如何看待世界和思考问题的角度；另一个是人脉的积累，他在大学里结识了很多独特的朋友，其中的一些朋友甚至成了日后的合作伙伴。

Randy在康奈尔选择了经济和中国与亚太研究的双学位。对中国的好奇使他在大学期间不止一次往返中国。

他的大学有一个学期在华盛顿，有一个学期在北京。在华盛顿的那个学期他在美国政治首府潜心学习政治，其中有一门课程每周都会邀请不同的嘉宾跟同学们分享与中美关系相关的看法。嘉宾曾包括中国驻美第一任大使，也包括北京大学国际关系学院王缉思等。身边浓厚的政治氛围让 Randy 对中国的好奇只增不减。

"在北京（的那个学期），是真正花长时间体验了北京，也获得了很大的启发，也是我决定回国的原因。" Randy 说道，"比如，世贸天阶的大屏幕给了我很深刻的印象，在美国见不到这种东西，我觉得中国很发达，也有很多机会。"

我要回中国

1999 年他移民美国，恰好错过了 2000—2006 年在 Randy 眼里中国发展速度最快的六年，因此 Randy 对中国的很多了解是来自媒体报道，并不是个人的真实体验。中国就像一块瑰宝，在他心里逐渐占据了重要的位置，也像游戏中的重要关卡，充满了神秘感。

"外国人对中国还是有偏见的。从外国人角度，中国永远都有一些不太好的地方。但这些地方都是发展中的中国要改善的地方，我觉得外国人对中国的早期发展要求过高。"

毕业时，Randy 收到波士顿咨询中国（以下称 BCG）的邀约，工作地点在北京。面对众多劝其留在纽约的忠言，Randy 说人必须要去陌生的环境才能成长最大。说服了父母，只身回到中国，他面临的挑战远比想象中的要多。

刚刚入职参加 BCG 中文考试时，有一半的词语都不会写，很多用拼音代替。很多时候需要周日飞到客户所在的城市，第二个周五返回北京，长期的出差飞行致使刚刚回国的他没有很多朋友。除去工作上的压力，在美国成长的 Randy 虽然性格随和，但文化冲突依旧是不可逾越之沟，他耗时良久才适应中国的处事和交友方式。

"我其实是一个特别怕孤独的人，希望一直都和朋友在一起。所以刚回国那段时间是一个比较长的适应期，也是很痛苦的一段时间，但我的自我认知和能力都得到了很大的提升。"

从事咨询行业两年半，当 Randy 掌握了部分游戏规则后，他决定冲往下一关。

打怪升级层层晋级

在层层市场调研后，Randy 决定做有中国特色的接地气的服务更周到的联合办公空间，取名无界空间（Woo Space），意在社区感即家的归属感。虽受美国 WeWork 之启发，但与其不同的是两者面对的客户群体。WeWork 依靠自由职业人，但中国没有此类群体，因而无界空间主要面对主营创业者。

"无界针对中高端创业者或者是中小型公司，我们这边的创业者基本是海归或者 BAT 出身，在创业圈可以算是层次稍高一些的创业群体，而且我觉得这个群体会增加很快。"

"有调性，有自己的风格，有点与众不同"是 Randy 对于无界空间的定义，因此在选址上 Randy 避开了创业公司聚集地，而是选择了百子湾、朝阳大悦城、望京和三元桥。

"对于创业者来说，生活和工作是联在一起的，热爱生活就是热爱你每天所做的事情，经历过的苦恼回过头来看，都觉得是值得的。"Randy 说道。

在无界空间创立的过程中，Randy 遇见过由于业主原因场地出现故障无法出租，遇见过在扩张时资金链短缺，遇见过刁难他的物业。他亲自跟装修，亲自跑工地，甚至身着一件纯色 T 恤、一双凉拖，端一碗在外面小摊铺买回的面，在还未装修完的房间内席地而坐，草草地解决午饭，而后继续与施工队伍一起工作。

强烈的责任感让他坚定地坚持着这份他十分想要完成的事业："因为是自己做的项目，不希望它死，希望它越来越好。最难的关卡过去了，可能就成了。如果这关过不去，可能就没有这个项目了。你永远都在解决问题，不去解决没有人会帮你解决，没有人会理解你经历的事情，抱怨是没有用的。就是平和地去解决。"

Randy 说创业分三个阶段：第一个阶段是充满鸡血，很兴奋，睡不着觉，因为你想做这个项目；第二个阶段是你不想干了，碰到的难点太多，你不知道怎么推进下去，但是也不能和别人说；第三个阶段就是淡定，遇见任何问题就想解决问题的方法，内心平和。

"创业就像打游戏一样，你永远都在过关，而且一关比一关难。自己不知道有多少条命，很可能只有一条。最好的选择就是一条也不要死。" Randy 说。

（2016）

杜韵

　　作曲家，2017 年凭借歌剧作品《天使之骨》获普利策音乐奖，是历史上第一位亚裔女性获奖者。被《纽约时报》描述为"冒险的折中作曲家"和"一个独特的走在前卫边缘的女主角"。杜韵拥有哈佛大学作曲博士学位。

杜韵：征服美国的华人作曲家

对杜韵的采访约在了纽约上东区她不久前新搬的公寓。到达一楼大堂几分钟后，她拿着一杯冰咖啡热情地向我走来，一句"来啦"，像是相识了很久的老朋友。

杜韵，生于上海，后到美国求学。她喜欢扎一个丸子头，喜欢大笑，性格活泼，眼里充满了双子座女生对世间一切的好奇。

我们走进她公寓的书房，靠着沙发聊了起来。

艺术家要关注社会问题

2018 年 6 月，杜韵被美国卡内基金会选入 2018 年度 38 位美国杰出移民。她也曾被美国国家电台评选为 100 位世界最具影响力的 40 岁以下青年作曲家。

目前，杜韵正紧锣密鼓地筹备她的下一部讲述叙利亚难民的大型交响乐结合独唱与多媒体的作品。独唱者是一位来自巴基斯坦的民俗音乐家，多媒体视觉艺术家 Khaled Jarrar 则来自巴勒斯坦。

杜韵和 Jarrar 相识于阿联酋的沙迦双年展，两人当时聊得甚是开心，便在之后经常沟通最新灵感和关注的话题，后来一直保持着密切联系，并成为了非常要好的朋友。一次 Jarrar 跟杜韵提起了他跟随巴勒斯坦在叙利亚的难民，一同乘船走到德国的旅程，恰巧杜韵也在思考这一主题，凭借着多年的信任和了解，以及对彼此视觉和艺术敏锐度的欣赏，两人一拍即合。杜韵激动地和我描述起 Jarrar 给她讲述的与难民同行的经历。

Jarrar 身高一米九，在投身艺术之前，他曾是阿拉法特的保镖。即使经历过军队式的高强度训练，这段旅程依然是他经历过的最艰难的旅程。他说："当你的身份是难民的时候，这段旅程就变得格外艰难。因为你只有有限的物资，需要住帐篷，还得一路不停地走，走过途经的所有国家，但你不知道这段路的终点是否可以接纳你难民的身份。即使很多欧洲国家对外相对友好，但在收纳难民时仍然采取择优录取的标准。"

Jarrar 将相机挂在胸前，记录这一路发生的所有瞬间和细节。杜韵说有两个采访深深刻在了她的脑海里。

其中一个受访者是位小朋友。艺术家问她："你要到哪里去？"小朋友回答说："去德国。""那你为什么要去？""因为电视里有一首歌，里面唱着'走啊走啊，走到柏林'。""那你要不要去上课？"小孩子很开心地说："不要去上课。"

另一个采访的是一对姐弟，姐姐想要做记者，但是她面对镜头比较害羞，弟弟就淘气地把姐姐推到镜头前。在镜头前，她说了一段话，大意是：不要叫我们难民，我是对我们国家非常有信心的，这个不过是一个小的插曲，我们还是要回到我们祖国的，不要叫我们难民，我们是旅行者（travelers）。

杜韵激动地讲着，眼里有对小孩子的心疼，也有对于这段采访的感动。

"你看到这个之后就会觉得真的很感动，这些在新闻里是看不到的，新闻里都是轰炸。但是对他们来讲，现在说的这些是他们真实的生活，要不要读书，怎么去重建家园，怎么去玩得开心。所以我当时看了，我觉得我一定要做一个和这个有关的作品。不是因为它是一个热门话题，而是因为很多人都觉得艺术品就是艺术，不要去谈社会问题，好像这两个不可以嫁接。我觉得是没有这个说法的。"她说。

我问她在创作时会不会去刻意嫁接艺术和社会问题，她坚定地答道："我觉得对于社会的认知感是一个艺术工作者的起码的本能条件，否则的话就很没意思。"她说艺术要源于生活，不能因为追求艺术而脱离生活，艺术家可以通过现场表演的手段把观众带入一段段旅程，让观众产生共情。

杜韵说在做这个作品的时候要去想自己本身的身份，因为中国人在美国也是移民，我们的祖辈早年也都是兵荒马乱地来到美国一点一点打拼。她说要去想这些实际的经历，不能把自己放在怜悯别人的角度来创作。

2017年4月11日，普利策奖在哥伦比亚大学新闻学院揭晓，杜韵凭借以人口贩卖为主题的歌剧《天使之骨》摘得第101届普利策音乐奖。

设立于1943年的普利策音乐奖是美国重量级的作曲奖之一，主要关注原创古典乐。杜韵也成为继周龙之后获得此奖的第二位华裔作曲家。2011年，美籍华裔作曲家周龙凭歌剧《白蛇》获得此奖。

《天使之骨》的灵感源自一本关于卖淫中间人的纪录选集，是杜韵与剧作家 Royce Vavrek 一起创作的原创故事，创作历经七年。作品讲述了一对受伤的天使掉进一户经济困窘人家的后院，被一对夫妇抚养，痊愈后，它们的翅膀被剪掉，并且被关起来用于娱乐和展览，夫妇从中渔利的故事。

作品融合了中世纪复音和独立摇滚。四位主唱中有三位偏歌剧唱腔，一位是朋克歌手的声线。普利策奖给予《天使之骨》以"大胆，将声乐和器乐元素融合起来，风格多变"的评价。

"那时候在阿布扎比参加艺术节，收到朋友的短信时感觉挺难以置信的。"她说道。

我问她创作的过程中有没有遇到什么瓶颈，她想了一下说："作品前前后有很多版本，要慢慢尝试哪一个版本才有最佳效果。就像做影片和百老汇戏剧一样，有的时候要在市场上试水，观察观众是否认可故事的线索。"

"一个作品出来，我还是想有一定的社会效应，所谓的社会效应不是说这个作品有多成功。一个作品的成功当然对艺术家是好事，最大的成功其实还是通过这个作品，我们可以理解看到新闻以外的世界是什么样的感受。"她一字一句认真地说。

"亚洲性格"到底指什么？

"有的时候我在想，作为艺术工作者的社会价值是什么。你想人每天早上打开新闻看头条的时候，你觉得这些事情都是不切实际的，太远了，和自己没有关系。但是走得多了，看得多了，你就会觉得很多事情都是息息相关的。比如一个政策出来，它可能是有连锁反应的，所以不能关起门来只关心自己的东西。"

这几年杜韵在研究一些中国的地方戏剧，她去浙江新昌采访学习了几次新昌调腔。她觉得很多中国的地方戏可以和当下的语境融合。但融合不是随意嫁接，怎么把语言更拓展，把这些非常稀有的或古老的剧种以新型创作方式展现，是她近期经常思考的问题。

随即杜韵提到了昆曲。昆曲当年得以蓬勃发展是因为南北戏剧的冲突进而衍生了一个新的剧种，再进京，就变成了京戏。传承需要一个新的创作思维，比如昆曲的创作可以更加自由，而不是局限于曲牌和板式完全不能混淆的传统理念。这种意识冲击对于创新类创作至关重要。

新的创作要求艺术家对历史有所研究，进而在历史的基础上去破局。"这个破不是为了破而破，是为了告诉大家我们在做新的东西的时候我们到底在讲什么，不是说只是市场引入。"

当下中国在进行文化交流时，经常采用科普和讲解的形式。我问她，作为华裔艺术家，怎么才能更有力地传播中国传统文化。她突然就笑了，说中国的记者很愿意去问怎么把文化传播出去，但是美国的记者都是问怎么去交流。

她提到，亚洲性格是自信、大度和尊重，否则便是没有底气的自信。她认为一个阳光的民族性格，是更容易正面影响世界的。"每一个民族性格都是可以重塑的。我们应该尊重传统，但同时也一定要有新一代的个性。这并不是为了打破僵局再勉强吹一个新瓶的做法。"

"有的时候，光谈歧视是不行的，很容易把自己逼到牛角尖，萎缩成一个偏激而自闭的视角。但凡健康的心态是可以一代代慢慢培养的。我绝对有信心。作为社会一员，我们一定可以一起激励对方和我们的年轻一代。我们既深层懂得我们的传统，又有对自身及对世界的尊重和有温情的探索。这样的性格，全世界都需要。"她继续说道。

杜韵说："在交流的过程中，你还要停一下，想一想你对别人的东西感不感兴趣，你在讲自己的东西的时候，你要知道我怎么让别人感兴趣，通过感兴趣这个中间点，你也要知道我们到底想要交流的是什么。"

在杜韵看来，商业与艺术在哲学角度是不冲突的，且不能只有这两个中的一个。过于商业，就不会有艺术家投身创作新的作品；无法商业化，也不能保证艺术家的基本生活。

杜韵希望做的是可以一起建立由内心延伸、健康长远、不糙不躁、一个令人耳目一新又基于传统的做派和性格。"我们的文化源远流长，我们的前景一定要不断往前走，固步自封和顾左右而言他是不可行的。"

她说："不要忘了市场就是人，是人消费的模式。这些模式没有人带领，也会慢慢变的，有人带领就会变得快一些。艺术家有时候和科学家是一样的，都是在思考如何让大家有一个新的生存的模式。生存的这些模式是和时代息息相关的，时代往前走了，你没有新的模式是不行的。所以我们更多要思考的是如何定义自己。"

（本文首发于 2018 年 8 月 17 日《FT 中文网》）

朱英楠

　　超级简历创始人及 CEO，前高盛投行部分析师，瑞银 PE 投资经理，加拿大心连心慈善基金会创始人，GCC（全球中国联接）创始理事。朱英楠本科毕业于哥伦比亚大学。

朱英楠：哥大正经历着一场品牌危机

"提起哥伦比亚大学，中国人脑海里首先浮现的不是全球顶尖的本科 liberal arts education，而是王力宏的太太、李云迪的女友、京东的老板娘。"David 苦笑道。

"哥大名气很大，甚至大过所有其他的常春藤。但大众眼里的哥大只是娱乐八卦头条的前缀或后缀，很少有人真正关心哥大到底是一所怎样的学府。哥大在中国面临着巨大的品牌问题，她正在丢失自己的 identity。"

哥伦比亚大学的精神是言论自由，是开放包容，是政治正确。

藤校教育的核心在于本科教育。其本科的通识教育旨在于现代多元化的社会中，为受教育者提供通行于不同人群之间的知识和价值观，培养出可在任何行业或领域发展的全方位人才。相比起同样使用通识教育的文理学院，藤校本科更具有与其他研究生学院结合的协同效应。比如哥大的本科生可以去商学院学习为 MBA 学生设计的市场营销、财务会计、领导力等课程，或者参与国际关系学院邀请来的联合国大使讲座等活动。

"我还记得 2007 年刚入学时，伊朗总统 Ahmadinejad 受哥大校长邀约参加哥大的'全球领袖论坛'，全校沸腾了，上千名学生坐在校园草坪上观看对话直播。由于伊朗总统否认 Holocaust（犹太人大屠杀）的存在，有明显反同性恋倾向，并且认为"9·11"事件是美国政府自导自演的结果，美国和伊朗关系异常紧张。哥大校长鲍林格（Bollinger）是美国宪法的权威研究者，邀请 Ahmadinejad 对话，正是为了传播美国宪法第一修正案'言论自由'的精神。所以尽管当时媒体、政客以及校园的许多教授都强烈谴责 Bollinger 校长，但 Ahmadinejad 的讲话和到访都十分顺利，因为反对者们都尊重校长想要展现的精神。"

哥大激进又自由的大学氛围逼迫 David 开始接受多元文化冲击。"尽管出生在中国、成长在温哥华，听起来已经很多元化了，但其实这些地方跟纽约比起来根本就不算多元。"纽约融合了来自各个州的美国人、全球各个国家的移民，其文化的多元性体现在纽约街头，更体现在哥伦比亚的校内。哥大本科生里只有 39% 的白人，其余全部是黑人、西班牙裔人、亚洲人等少数民族，更有近 20% 的国际生，分别来自 60 多个国家。哥大在 20 世纪 60 年代曾经是黑人革命的历史阵地，也在女权运动中扮演了重要角色。今天，哥大最具前瞻性的政治问题是 LGBTQ 人群的平等以及如何解决全球可持续发展、降低第三世界国家的贫困人口等。

对于从小生活在华人社会的 David 来讲，去接受这些文化上的不同并没有想象中容易。

"我在大二的时候曾经竞选校学生会议员，我的重要竞选议题之一就是想要为国际生获得更多的助学金。"David 说道，"但我在做竞选视频时为了取得传播效果，扮演了一个戴眼镜、龅牙齿并且带有很重的中式英语口音的'国际学生'，结果不但没有获得我想要的传播效果，反而丢失了大量的支持者。因为我声称要为国际生争取更多利益，却又同时丑化国际生的形象，这是非常不正确的。"在经历过竞选后，David 的政治敏感度提高了很多。

藤校的教育只有一半来自书本，另一半来自校园生活

哥大本科学院 Columbia College 教育体系中最著名的莫过于她近百年历史的 Core Curriculum（核心课程），是全球通识教育的典范，涵盖了包括文学、哲学、音乐、艺术、写作、科学、第二语言、体育锻炼等领域的全方位课程体系，其中必选的 Literature Humanities（文学人文学）和 Contemporary Civilization（当代文明基础）都是20人的小班教学，各分为上下两学期修完。哥大的核心课程还会根据时代的转变而改变阅读内容，比如面临全球化压力而添加的《古兰经》、Global Core（全球核心课程，即非源于西方的文学、哲学课程）等等。但核心课程仍然有自己非常古老和倔强的部分，例如哥大所有的毕业生都必须会游泳，否则即使所有学分都修够了也无法毕业（《不列颠百科全书》的主编 Mortimer Adler 就曾因为无法完成游泳考试而无法获得学士学位，直到60年后哥大给他补发了荣誉学位）。

"在 Columbia College 读本科的学生都会吐槽核心课程，因为规定太严格了，必须修完才能毕业。但毕业多年后回过头来看，我们在核心课程里所学到的知识奠定了建立三观的基础。"

但是，课程仅仅是教育的一小部分。和许多藤校一样，哥大的校园活动占据了大部分学生的课余时间。"我参加过学生会、兄弟会，当过街舞社社长，创建过阿卡贝拉合唱团，休过学，创过业，还成立了一个非营利组织。最高峰的时候，一周每晚的会都能排到12点。"繁忙的校园生活让 David 获得了充分的成就感，却放弃了许多去纽约市探索的机会。

常春藤并不一定适合每一个人

哥大的全名并不是 Columbia University，而是 Columbia University in the City of New York。可以说纽约市是大部分人申请哥大的重要原因。但纽约的繁华、多元是一把双刃剑：它既赋予了哥大学生更多探索世界的资源和可能性，但同时也让原本应该属于学术、社交、校园活动的时间和精力散落在了繁华纽约市的各个角落。

"在哥大读本科基本上周五都没有课，对我们来说'Thursday is the new Friday'，因此一到周五，大批的学生就会坐 1 号地铁往南 20 分钟到中城区 (Mid-town) 看百老汇歌剧，去 MET（大都会博物馆）和 MoMa（现代艺术馆）看最新的展览，去 Governor's Island 骑脚踏车。纽约是一个典型的经过周密规划的方形矩阵城市，基本上每走过几条街周边的风景都不一样，比如唐人街吵闹的干货店铺对面就是 Little Italy（小意大利）休闲自在的欧式街边咖啡馆。还有些很早就想步入职场的人，会利用这些时间去华尔街投行、Madison Ave. 的广告公司（《广告狂人》的故事发源地）、第五大道的 Fashion House 实习。"

因此有很多人认为哥大在藤校中是一个相对冰冷的地方，因为大家都在忙自己的事情，并不会像其他藤校学生一样对学校本身有着过多的归属感和依赖性。

在这一点上，哥大充分继承了"纽约人"的调性。冷漠的眼神、高冷的步伐、不耐烦的语气，都是纽约人的特征。在纽约，地铁上经常会留出空位，因为站着更能够显示出他们的个性和主见。无论是华尔街、时代广场，还是哥大的校园，大部分人为人处世的态度都是独立自主的，这也让许多无法独立的人难以适应。

"我见过在父母监督下长大的学生，来到哥大后整晚刷 YouTube，无法控制自己的作息时间，结果一学期挂掉好几门课。"在 David 眼里，哥大是一个只有学会独立才能生存的地方，有不少外表低调的人怀揣着自己的野心，默默地独立完成自己的梦想。"每个年级总有那么几个人，不怎么去上课，也很少在图书馆里看到，更不参加很多活动和 party，但最后都是拿着 4.0 的 GPA 本科毕业就考上哈佛法学院。"

哥大在中国的品牌，掌握在新一代校友的手中。

哥大的精髓在于她的本科教育，在于她的核心课程，在于她对世界的包容和理解，对多元文化和言论自由的促进和保护。但哥大在中国的知名度却和这一切没有太多关联，"头条女友的黄埔军校"这样的错误定位尽管提升了哥大的曝光率，却同时让这一所拥有 260 多年历史的藤校在人们眼中距离教育的本质渐行渐远。

"哥大本科学院里的中国人本就不多，回国发展的一年也就十来个。我衷心希望在国内的本科校友们能够团结起来，能够让哥大被更多人了解，而不仅仅是娱乐八卦时的谈资。"

（2016）

胡榛

　　毕业于哥伦比亚大学。高级男士西装定制品牌"Mr. Dandy"创办人，张歆艺和袁弘大婚时所有的婚礼礼服都出自 Mr. Dandy 之手。

胡榛：大不了做完一辈子的西服

"如果没人买，大不了就是给自己做了一屋子的高定西服。"胡榛说。

精致的绅士

四年前，他从哥伦比亚大学毕业，三年前他还在华尔街做数据分析，一次偶然的机会接触到男士西装高定，却没有想到，后来他把他喜欢的这种精致的生活方式变成了现在的事业。

胡榛的父亲喜欢画画，母亲喜欢音乐，所以他小时候既研习了绘画又学习了钢琴。用他的话说，他是对美有追求的。而这追求在生活中的体现大抵就是对服装的兴趣。他初中开始穿 Bape，高中是 Clot，大学追 Hedi Slimane，研究生开始穿设计师品牌。而与高级定制的结缘，是在其喜欢男士西服高级定制的老板带他去了一次在纽约的定制会后。

那时候他还是华尔街的一名数据分析师，他老板对高级定制的热忱带动了他。

"真正意大利的品牌会定期去一些主要城市，和客户以邮件的形式进行预约。也是那一次的定制会让我知道了真正高定的西服原来是这样的。"胡榛说道。

在那之后，他做了很多种类的西服，发现对高定西服的兴趣愈来愈浓，于是开始上网、看书查阅相关资料，久而久之慢慢变成了行家。

2013 年由于个人原因，他辞职回国从事金融类工作。可到了北京，想要找一家真正意义上的高级定制店，却变得无比困难。

可胡榛到底是个精致的人，随身携带的手提包里面有定制的带有自家品牌 LOGO 的名片夹，防止意式衬衫领子偏软的衬衫领插片，在古董店淘到的纯金的笔，Dita 的偏圆形复古眼镜，法国皮具品牌 Jean Rousseau 全手工定制的卡包，一个把双排扣西装穿得最好看的著名意大利街拍明星 Lino Ieluzzi 送的钱夹，还有一只莱卡相机。

胡榛精致的生活也如他创办的品牌 Mr. Dandy 一样。Dandy 有做工极其考究之意，Mr. Dandy 译为"喜好精致衣物的男人"。他将自己中美融合的背景融入品牌创造之中，传统的工艺里透露着鲜活的时代感。追求精致的男人，更应是优雅的绅士：

他们对生活有着深层次的理解和追求，在行为做派上有一套自己的标准，高贵源于内心而非表面的浮华，他们追求岁月的沉淀而非一时的惊艳。

"Mr. Dandy 不是肤浅的外在追逐，不是浮夸的行为艺术。是洗净铅华，还原西装真正的魅力，为当代绅士，寻觅最合适的风格。"胡榛在一次采访中说道。

考究的极致

从一开始没有店面只为身边朋友而做，到现在在燕莎宽敞的会所为袁弘、胡歌、彭于晏、黄磊、徐峥、胡海泉等明星量体裁衣，靠着口耳相传，这个追求极致的东方绅士品牌正一步步扎实地占领北京高级定制的高地。

客人穿上 Mr. Dandy 的衣服后十分满意的时刻也是胡榛最幸福的时刻，他说他很享受这个过程。而 Mr. Dandy 的每一处细节里无一不体现着绅士的风度。例如，用顶级真丝线花费超过两个小时在驳头处锁出一个米兰眼插花孔，背面衔接一枚不露痕迹的插花襻以固定插花；再比如肩部的设计经过一些特殊化工艺处理，在袖子与肩膀的缝合处做出一个跟客人的身体曲线一致的部分，使西装更加地服帖。

这些细节上的考究在袁弘和张歆艺的婚礼上体现得淋漓尽致。袁弘和二姐的婚礼在古堡举行，为配合二姐的拖地婚纱，胡榛为袁弘选择了大礼服，气场十足，又和婚纱辉映得恰到好处。

被誉为史上最帅的伴郎团的西服细节也足以体现胡榛对于完美的追求。胡歌瘦高，所以为他设计的西服领子比较窄长；彭于晏身材比较结实，所以脖领相对于其他人要宽一些。四位伴郎的西服内衬不仅绣有他们的名字，在内衬刺绣上还搭配了各自的幸运色。而迎亲时新郎与伴郎团身着的西装更是展现了胡榛对于细节和品质的追求。

"迎亲时新郎的西装要比伴郎团更高级一些。袁弘穿了马甲，其他人不穿马甲，系的扣子。袁弘的衬衫胸前是有褶皱的，而其他人没有。这些细节如果不读西方的一些经典书籍，是无法知道的。"胡榛说道。

Mr. Dandy 的每一件衣服都综合考虑客人的生活习惯、个人体质特性、风格需求等多方面因素。每人一版，优雅得恰到好处，不做作。它的每一处细节都可以被定制，但最特别的一处在于提供西装内衬图案的私人定制服务，可以将珍爱的油画作品或带记忆的珍贵照片定制在西装里。胡榛给自己定制的一套西装的内衬是父亲画笔下的母亲。在选择此类定制的客人中，令他记忆颇深的是黄磊定制的内衬。他选择了一家四口的照片作为内衬图案，意为扛起全家的责任。或许当黄磊穿上带有那照片的西服的一瞬间，一个成年男人的成熟、一个模范丈夫的担当、一个温柔父亲的体贴早已在家人心里。

就像他喜欢的钢琴艺术家在台上演奏的时候有一种野孩子的劲头，胡榛也一直用匠心在努力打造更好的高级定制。

（2016）

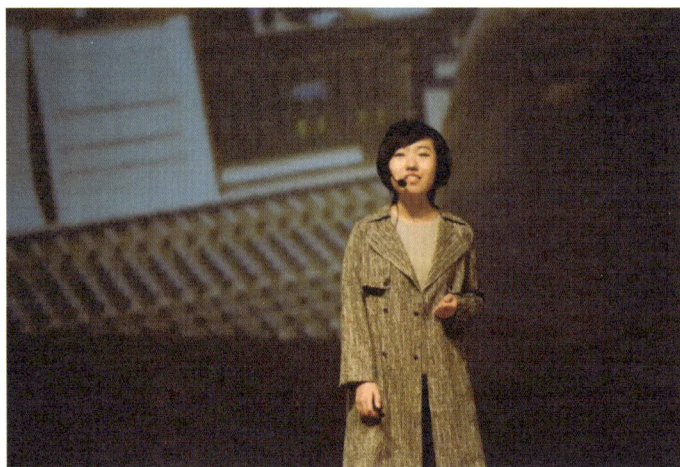

刘逍然

　　独立纪录片导演，纪录片《米字路口》《拉面小子》导演，毕业于哥伦比亚大学。

刘逍然：我用镜头讲故事

第一次听到刘逍然这个名字是因为《米字路口》，是在今年 3 月我刚刚拿到哥伦比亚大学新闻学院录取通知书的时候。在之后某一天深夜，我终于打开了在微信收藏里躺了很长时间的视频一口气看完，然后没多想便睡去。后来，不断地有朋友给我发送《米字路口》的各种信息，于是我想是时候和学姐聊一聊她和她镜头下的故事了。

见到逍然的时候，她依旧是运动鞋、书包、牛仔裤，还有利落的短发。2013 年 10 月从哥伦比亚大学新闻学院毕业的她现在是一名自由媒体人，为央视、凤凰卫视等媒体公司拍摄和制作纪录片。

逍然不希望自己在年轻的时候浪费时间在自己不喜欢的事情上，于是她选择了做自由媒体人。她说她很幸运，把自己的兴趣爱好变成了自己的职业。

与镜头下的故事一起成长

"纪录片的魅力在于只要你不想让它结束，它就永远在拍摄。"逍然说。

对于逍然来说，到现在为止还没有一个完全结束的项目。她的第一个纪录片作品是《拉面小子》，毕业后本应该结束拍摄，但因为主人公的故事很励志，短时间内从一个小工变成了老板，所以毕业两年后的逍然依旧和他保持联系，她选择把这个项目继续下去。在 11 月逍然回纽约的时候，她还特地拜访拉面小子，并随他去他在法拉盛的店里跟拍。

"《米字路口》也是一样，今年夏天算是制作完成。但是并没有停止拍摄，我还在继续拍，还会越来越深入。"逍然说，"《米字路口》的拍摄是因为之前自己没有经历过这一年的心路，来了新闻学院以后压力比较大，毕业的时候发现没有任何常春藤光环这一说，工作照样十分难找。这个过程让我自己很惊讶，于是我觉有必要把我不知道的事情拍下来，因为不知道的人可能会很多。"

而当时在繁重的课业压力下，驱使逍然把这部片子做下去的原因是，她也想知道当毕业时站在一个双十字路口选择的时候，每一个方向都意味着什么样的人生、什么样的工作状态，而后给自己做出选择。

曾因拍摄而绝望，但并不会放弃

"有一段时间一想到（《米字路口》）会觉得绝望，我自己没有办法点燃自己的热情。"逍然坦言道，"因为无论是做纪录片也好，做电影也罢，可能开始的时候很新鲜，觉得这个选题或者这个片子非常值得自己去做，但是在中间自己对内容很了解的时候会丧失一些新鲜感，觉得这事儿太普通了。但我是骨子里从来不会说放弃的人，我的字典里没有'放弃'两个字。"

逍然说拍摄时最大的困难是时间不够，因为新闻学院的课业原本就已十分紧张，而《米字路口》完全是因为自己想做。但如果现在不拍摄，下一周大家的状态可能就会发生改变。大家每一周的状态都会不一样，这一周可能十分迷茫，觉得人生已经跌到了谷底，但是下个星期再见到的时候就可能已变得神采奕奕。

逍然在拍摄的时候甚至没有给自己设定任何预期，因为这部纪录片并没有一个明晰的故事线。所有的事情都是真实的，并且是正在发生的故事。如果大家都一股脑儿地回了国或者都留在了美国，或者没有有趣的事情发生，那么这部纪录片就变成了一部影像日记。

惊喜之后，厚积薄发

截至目前，《米字路口》已在国内外累计放映 12 次。而在拍摄的时候，她甚至没有想过今天会有这样的呈现方式。当时的逍然觉得这部片子的受众面可能会很小，或许只能吸引在美国读新闻的学生。但后来她一直思考这个问题，想到纪录片需要与社会联系，所以也在不停地调整自己的方向。后来她发现她的观众逐渐变得多样化，有留学生，有海归，有关心中美新闻差异的社会人士，也有一直漂泊在外的游子。

"后来我发现，我的一些从澳大利亚、俄罗斯、香港毕业的朋友（看过片子后）也深有感触。"逍然说，"其实无论在哪里故事都是类似的，到了国外没有根。某种程度上语言文化是问题，要想办法生存下来，又要在课业和找工作之间平衡。同时还要考虑是留下还是回去的问题。"

《拉面小子》和《米字路口》只是逍然在她纪录片道路上的开端，今年她参与导演的《高考》在国内上映。

她说她是一个好奇的人，没有给自己设定专注的领域。

而今年冬季和明年冬季，她将奔赴南极开启一段新的冒险之旅，拍摄《去南极的人》。讲述在一条船上不惜花高昂旅费，拥有共同南极梦的中国人的故事。

她是刘逍然，用镜头讲故事的北方姑娘。

（2016）

桂家勋

　　"Vigo"眼镜创始人，2017年入围福布斯亚洲30位30岁以下青年领袖，本科毕业于宾夕法尼亚大学。

桂家勋：收割儿时梦想的不安少年

在美国旧金山的机场，一个男生在过安检的时候警报器突然开始"嘀嘀——"地响，刺耳的声音回荡在机场的各个角落，引得周围准备过安检的乘客频频注目。安检人员让他在另一侧等待，时不时地有人来问他"这些护照是哪里来的""为什么携带"等问题。

他是桂家勋，英文名叫Jason，那天在机场的经历是他人生旅程里的一段插曲。

不怕，我没有做错事

桂家勋出生在深圳，五岁随父母读书前往新西兰，十岁回国，十五岁又前往新西兰读高中，而后阴差阳错去了美国宾夕法尼亚大学，目前人在硅谷。

半小时后，五六个旧金山警察赶到现场，审查完资料后，一个警察告诉Jason，他因拥有伪造的政府文件，触犯了美国的联邦罪，他们只能把Jason移交给FBI。

事实上，这哪里是什么政府文件，这只不过是他实习的科技公司组织的一场特务游戏里面使用的道具。

实习公司做了一套假护照和假钞。假钞上印的是同事的头像。护照的首页照片和生日都是真的，头像是公司内网照片或搞怪照片。护照的每一页印有各个国家的签证盖章。他实习最后一天是游戏大结局，公司把美国联邦储备银行的大楼包了下来，把里面扮成赌场，每个"特务"带着假护照、假钱和假枪，坐着公司包的装甲去"赌场"比赛。

实习结束后，Jason 把一整套游戏道具都放在了筹码箱里，打算把这套装备带回国留作纪念。

因为托运行李超重，他把筹码箱放进了背包里，但忘记了假护照还在里面。

"你当时怕不怕？" 我瞪大了眼睛问他。

"不怕，因为我没有做错事。"

没多久警察带着他穿过人山人海的入境通道，去了一个小房间。房间里只有一张桌子、一台电脑和两台电话。Jason 面对警察坐着，听着门口来去的脚步声，不知道过了多久，一群全身黑色制服的 FBI 探员进来了。

"Are they here（他们都到了吗）？"警察问。

"Yes, the TSA（美国运输安全局），ICE（美国移民及海关执法局），DOS（美国国务院）and DHS（美国国土安全局）are all here."

FBI 和另外几个部门的代表把 Jason 在美国的所有细节以查户口的方式全部问了一遍，然后走出房间，留下 Jason 等待。十几分钟后，一个工作人员进来跟他说："你可以走了，但是你的假护照和假钞 FBI 得没收。"争辩了一会儿，Jason 把假钞留了下来。

距这件事发生时隔四年，我们两个在 2016 年的最后一天约在旧金山中国城的一家奶茶店碰面，见面的前一天他刚刚回到旧金山。还带着时差的 Jason，穿着一件黑色的衬衫，套了一件青色的休闲西装外套，看起来蛮精神的。

每天创造 3000 块价值

桂家勋高中原本想去英国读大学，偶然和朋友聊天，发觉在美国可以同时学习商科和工程，甚是欢喜，于是三周刷出了 SAT 2200 分，申请了很多学校，但只有宾大给了他 offer。

后来 Jason 用大四的毕业设计"可以解决上课睡觉问题的眼镜"创业，他的投资人和客户里有几个是宾大的校友。他们对 Jason 说："我们愿意帮你是因为你是宾大的。如果你成功了就是宾大的成功，宾大的成功就是我们的成功。"这句话让桂家勋很受触动。

"我觉得没去成哈佛挺遗憾的，但来宾大也算是一场美丽的失败。"桂家勋笑着说。

他喜欢记录自己的睡眠时间。他大学的时候双学位，一般人一学期上 4—5 门课，但是他要顶着 8 门课的压力，同时需要处理好很多社团活动，时间一长总觉得自己睡不饱。

"美国学生都说在学习、社交和睡觉里只能选两个，"桂家勋说，"我选择了前两个。我记录了三年多，一般凌晨 4 点多睡觉，睡 4 小时左右，但周末都会补回来。"

大一睡觉少是因为上了一节机械设计课，学习 3D 打印以及光切割技术等等，最后他出于浓厚兴趣操作设计的内容远远超出了课程本身。那会儿他经常在实验室自己鼓捣到凌晨四五点，然后回去睡几个小时，再出来上课。

Jason 说他觉得过去几年最重要的是找准自己最擅长的东西。

"我大学一直想创业，想找个机会辍学。"桂家勋说道。后来大四要做毕业设计，他想着这一年有世界上最优秀的教授和同学一起研究一个项目，觉得这是一个机会。

Jason 设计的防疲劳眼镜内含两个传感器，一个通过红外线探测眼球运动，另一个是追踪头部运动的重力传感器。Jason 和一些人交流这个想法，有人说这个眼镜对司机很有帮助，也有人说他们应该找投资创业。后来他真的拉到了投资，也找来了身边合适的美国朋友做 CEO，加上他自己做技术，一个初创团队顺利搭建起来。

他们在美国众筹网站上试水了解市场需求。根据市场反响，后来在防疲劳眼镜的基础上也推出了耳机。

目前 VIGO 产品已经销售至 40 多个国家，大客户甚至包括 UPS。然而比起一路攀升的销售额，Jason 更在乎的是自己是否给更多的人带来了价值。

我问他："如果当时众筹不成功，产品销不出去，或者众筹过于成功，生产跟不上来，怎么办？"他说："我从没有想过要放弃，但一直都在想怎么做得更好。"

2016 年 VIGO 发布了新款智能眼镜 Vue，并且在 Kickstarter（美国众筹网站）上 45 天销售出了 220 万美元的新款智能眼镜，成为中国人在美国众筹平台上的历史新高。

Jason 本科临近毕业时，也有几家软件公司向他发出工作邀约，年薪折成人民币达百万，平均下来每天 3000 元左右。所以当 Jason 放弃高薪工作去创业时，他心里想，既然有公司认为他每天可以创造出 3000 元的价值，那么他创业产生的价值就一定要超出这个数字，这也是他对自己所做贡献的评判标准。

咖啡厅里诞生《留美三人行》

Jason 上高中时就开始琢磨创业。那会儿他还在新西兰读高中，有一次他把学校的内部系统给黑了。有一群同学听说后，找他一起鼓捣一个网站，想要把很多商店多余的货物以较低的价格在网上销售。虽然最后无疾而终，但那段每天讨论商业模式到夜里两三点的日子点燃了他创业的兴趣和激情。

上大学时，有一天他终于按捺不住，就找了几个朋友跑到星巴克开始头脑风暴。

几个人觉得他们的聊天内容还挺深刻，没准可以放到网上和大家探讨，于是《留美三人行》诞生了。

他们在节目里做了很多三人圆桌话题探讨，但由于收视率一直平平，于是他们换了方向，改了形式，展现一些更生活化的话题，比如在国内物价膨胀严重时展示 100 美元可以在美国买到什么，国内闯红灯扣分机制出台时抓拍美国人是否也闯红灯。收视率慢慢走高，最火的一期是美国人眼中的中国女神，他们把章子怡、大 S、凤姐还有主持人张甜甜的照片放在一起，想要探索美国人的审美和中国人是否有区别，最后得到的结论是微笑让人更美丽，这期视频最终全网点击量超过 4000 万。

节目逐渐进入正轨，媒体报道相应而至，凤凰卫视和央视向他们伸出了合作的橄榄枝，自此之后作为制片人的 Jason 开始负责《留美三人行》的宣传与商务合作。

Jason 说他的大学生涯就是全职创业、兼职学习，做《留美三人行》的时候通常都是晚上和国内进行沟通，直到凌晨才开始写作业。

近几年来 Jason 觉得自己过得有些疲惫，于是开启了周末环游世界的计划，周一到周五全心努力地工作，周末腾出时间用来完全放松。只要飞行时间和机票价格在可接受范围内，周五晚上下班后就直接去机场，周日晚上回来，周一早上照常上班。

过去两年他利用周末去了 33 个国家，飞行次数 168 次，今年年初他在自己一二月的旅行计划上写下了巴西、纳米比亚、南非、乌干达、卢旺达和埃塞俄比亚。

Jason 说他小时候的梦想，还剩下古生物学家、侦探、作家和宇航员没有实现。

（本文首发于 2017 年 3 月 17 日《FT 中文网》）

何勇

联合国中文组组长，2014 年获得了联合国秘书长潘基文颁发的"21世纪联合国奖"。哥伦比亚大学博士。

何勇：外国人其实不了解中国

"我去联合国工作其实是个意外。"

哥伦比亚大学人类学博士毕业后，何勇进入华美协进社 (China Institute) 工作。在华美协进社工作期间，他又创办了华美人文学会，曾邀请余秋雨、白先勇等学者与在美华人交流分享。那时候，他以为工作可能会如此一成不变地进行下去。

一次偶然的机会，他看到联合国中文组在招聘，于是趁着一个午饭的工夫，决定去试试看。

纽约近零下 10 摄氏度，他深色的外套里穿着一身黑色正装，白色衬衫搭配红领带，戴着金属边方形眼镜。何勇在这座国际都市生活了 30 年，习惯这里的辉煌，也适应这里的暗淡。他面色和悦，慢条斯理地和我讲起了 30 年前的老故事。

上山下乡期间学英语

何勇刚升入初中时，响应上山下乡的号召，和一群青年去了江苏省宿迁县。农村里没有丰富的业余生活，特别是冬闲时。于是他想起来家里有很多英语书，就开始自学英语。

"当时没有人教，也得不到家里人和外界的鼓励，我找了本字典，开始一个字一个字查。"何勇说。当时宿迁有一位从南京下放来的中学老师，虽然两个人住得不近，但冬天无聊时他常会走路两小时去老师家找他聊天，聊一些英美文学作家和小说故事。生活苦，他用文学添了点糖。

那时候他听说一些地方的知识青年，在农村里闲着没事便在门上写对联。当地农民不知道写的是什么内容，以为是反动标语，于是就把门拆下来送到公社里面。

在那个时代，学习英语很可能会让他戴上反动的帽子。于是我问他，自学英语有没有害怕被发现。他回答："没有太害怕，因为学习是自己的事情，平时也不会和农民讲这件事。"

1975 年，高校恢复招生。高校招生需要工农兵推荐，宿迁县有50 多人在志愿一栏都填了英语。

何勇说，当时有一个英语系的老师来问大家问题，谁会回答或者愿意回答可以举手。"农村的考生基本都没学过英语，最后就是我一个人回答。"正因如此，他顺利考入徐州师范大学成为了一名英语系的学生，1978 年毕业后留校任教 8 年。

阴差阳错上哥大

何勇教的第一届学生是 1978 级，高考恢复后的第二年。由于刚刚恢复高考，对于报考学生没有年龄限制。当时他班级里最小的学生16 岁，最大的 31 岁，而那一年，他 23 岁。

20 世纪 80 年代，中国掀起了一波留学热潮。何勇听经常在一起聊天的朋友说在申请出国留学，他也动了心，抱着试试看的心态申请了二十几个学校。

当年不像现在，托福考试有多个考场，考试费用考生也承担得起。当年何勇的工资只有 40 块人民币，根本无法负担 50 美金的托福考试费用，再加上托福考试只在香港设有考点，按 80 年代的情况，内地考生前往考试很困难。

于是何勇给哥伦比亚大学写信说明情况，学校录取办公室免去了他的报名费用。不久后，他收到哥大的录取通知书，但没有提供任何奖学金，昂贵的费用让何勇差点望而却步。

"我当时申请的时候书店里已经有一些与留学相关的辅导书籍。那会儿看到一句话特别有用，说如果申请美国研究生，应该跟本专业的教授直接联系，而不是给研究生院写信。"

何勇在申请学校的同时给相关专业的教授去了信，后来学校不仅录取了何勇，还提供全额奖学金及每年大概5000多美金的生活费。

但当年除了学费的阻力外，何勇其实还面临着国内有关方面的压力。1986年，在与其同届的同学大部分还是助教时，何勇已升至讲师。同年，学校破格上报他做副教授。如果当时审批通过，他或许现在还在江苏。恰好由于种种原因，审批时间拖沓，1986年9月21日，何勇开始了在哥大读书的旅途。

外国人其实不了解中国

2002年，何勇进入联合国中文组负责中文教学工作。这15年来，他一直在做中外交流的桥梁。

"我们不是有意识地传递文化，我们主要是在教中文。语言是文化的一部分，我们想让大家在学习语言的过程中受到文化感染，而不是我们刻意地传输中国文化。"何勇说。

联合国中文教学组每年设有3个学期，每个学期200名学生。但随着工作的深入，何勇逐渐发现其实很多国际雇员对中国了解甚少，对中国的概念极其模糊。思来想去，他觉得让外国人了解中国最好的方法，就是到中国去。

2003年，他联手国家汉办和南京大学，发起了"南京大学暑期中文培训班"。而选择南京大学一方面是因为其为中国最好的大学之一，另一方面是南京大学与联合国关系密切，联合国部分官员曾获得南京大学学位。

"联合国的国际雇员到过中国以后，对中国的印象都非常难忘。回来以后就自动变成传播中华文化的使者了。"何勇笑着说。

2008年联合国举办了国际语言日，六个官方语言组都要举办相关活动。中文组请来了一名四川的著名书法家，邀请他在联合国大厅里用毛笔给工作人员写中国名字，为此中文组还特意安排了工作人员给大家起中文名。

"早上10点开始，联合国大厅里就排了很长的队，大家都不知道怎么回事，但因为书法不需要语言交流，所以大家可能都感兴趣。"活动持续到下午3点，甚至联合国副秘书长也前来观摩并拿到了自己的中文名。直到今天，很多工作人员的办公桌上还贴着那份来自中国的书法。

2014年，凭借出色的工作业绩，何勇从潘基文手中接过"21世纪联合国奖"，成为第一个获此殊荣的中国人。

在联合国，他与来自不同国家的人一起并肩工作："在联合国人与人之间的关系是比较亲近的。虽然也有等级，但在日常相处中大家没有局限，我们甚至可以和副秘书长一起聊天。"何勇笑言，潘基文有亚洲情结，他对书法也很有兴趣。

在联合国工作的第15年，何勇依旧在努力成为中美交流的"桥梁"。他说："出现下一个亚裔秘书长可能要等50年以后。当然我们也可以请新的秘书长来推广中文，但也许他的角度是要推广所有的语言，而不是中文。"

（本文首发于2017年4月20日《FT中文网》）

李彦瑾（中）

　　Line Corporation 数据科学家，曾为米兰精英模特公司的签约模特，哥伦比亚大学硕士。

李彦瑾：我离开纽约的这一天

"我以为我能在这里住个两三年，谁想到就要搬去日本了？"彦瑾站在镜子前一边卸着粉底一边感慨。

圣诞节的早上我收到了她的微信。尘埃落定，也是对过去一个多月白天黑夜努力的最好褒奖。

10月她从日本休假回来以后，就进入了一个没有周末也不分白天黑夜的周期。她在复习日语准备考试和跳槽，我也在紧锣密鼓地准备一些事情，每天下班后的家里俨然就是一个图书馆。

周末的家里要么一片寂静，各自学习；要么俩人早起健身后，一起揣着哥大的校友卡回去刷图书馆。

前两天我看着她坐在家里门厅的地板上，把春夏秋冬的衣裳一件件卷起打包，整齐地放在一个个纸箱里准备寄回国的时候，百感交集。

以前，我总是刻意地去回避一切与离别有关的场景。这是我第一次，这么近距离地送一个好朋友回国。

我问她，走之前还想去哪家餐厅或者哪个地标打卡？她说想去大都会或者自然历史博物馆走走，最后一顿饭想吃家门口的那家不吵不闹却很有日本本土气息的日料。

"纽约帮我定义了自己"

"离职的时候才觉得是真的要离开（纽约）了。" 她端起 Rosé，话音有些颤抖。

彦瑾离职那天，我们选了一家第五大道附近的法餐吃晚饭，打算给这段经历画个句号。那家餐厅人不多，灯光很暗，装修稳重，服务生多数是上了年纪的和蔼爷爷，似乎给那天冷到骨髓的纽约莫名地添加了点温暖之意。当然，他们不知道那一天无论对彦瑾还是对我都是多少有些特别的。

我了解，她看起来无所不能的外表下还是有些敏感的。要去一个全新的环境，就算心里再坚定，也会有一丝担忧，担心语言，担心文化环境，担心自己能不能快速适应。

"我经常会有一个迷失的阶段，无论是我找工作，我在工作，还是我要去其他国家。但每一次迷失都是重新更加了解自己的时候，不是重塑，是加强我已经有的模型。" 她说。

留美近七年，算下来在纽约也有三年有余，这三年她学到更多的是如何专注地做一件事情，并且轻松地面对可能有的所有结果。

"纽约帮我定义了自己，一部分塑造了我真正的人格和能力，也让我知道了我真正想要做的事。"

嫁接时尚和科技于一体

她还是那个想嫁接时尚和科技于一体的姑娘。

2015 年 8 月，她入学哥大。同年 10 月，有关她的文章突然间在朋友圈里被刷了屏。文章里说她是刘雯的师妹，是超模新人，是哥大数据女神。她没有任何征兆地，至少在纽约这个圈子里火了。

后来她和我说，最开始她考哥大就是为了要做模特，她看中了纽约这个时尚之都，看中了它是近水楼台，而学习编程不过是为了在别人面前更有底气地说自己不单单是一名模特。

最初想做模特那会儿，她每晚踩着高跟鞋在家里练习台步。那段时间，她半年投了 50 份简历，然后又不出意外地被拒绝了 50 次。

后来在米兰交流学习时，彦瑾投出了第 53 份改变了她人生第一阶段的简历。全球三大模特经纪公司之首——Elite 模特经纪公司向她发出了面试邀请，两周后她将 Elite 米兰总部的合约收入囊中。

但就在这个时候，她停下来了，她没有回米兰继续在别人看来风光无限的模特事业，她放弃了米兰时装周的 offer，那一天她哭得歇斯底里。

转身，她来了纽约，想以另一种身份，换一个途径，重新无限接近她喜欢的领域。而这一次，她变得更加坚定。

有人说她有着得天独厚的条件，她在纽约也不断有拍摄邀约。但在纽约接触的人越多，就越发现自己的想法与最初她来纽约时给自己下的定义之间发生了巨大的冲突，于是彦瑾将这些邀请一一回绝。"我要停下来审视一下自己，哪里的能力需要提高，哪里需要放弃。"

而当年那些在网上不断蔓延的文章也让她不断地反思："我到底想做什么？我能一辈子就做这件事吗？"她说有一段时间觉得自己很脆弱，因为觉得自己没有足够的底气去撑起自己的野心。

她开始早起练习编程，但最开始却很矛盾。

"有一部分人非常擅长技术，也有一部分人很聪明。但对我来说，如果我把时尚和科技这个组合弄好了，会是一个很好的结果，但如果弄不好就像脚踏两只船，两个都踩空。"

她在微博里写："我常常会怀疑自己，怀疑自己是不是曾经在某个节点做了错误的选择。看着身边做时尚的人越走越快，我却一个人原地踏步，多少会有一些自我怀疑。不知道我的天真与理想是否能撑得起现实。无论怎么样，就这样一直积累下去吧，我想总有一天会抵达我理想的终点。"

这种最初被迫的转型，幸而在她实习的时候得到了扭转。

彦瑾的第一份实习和工作是一家奢侈家具的电商公司，她负责处理用户数据。从开始到现在近一年半的浸染让她不仅对奢侈品有了更深刻的认识，也了解到了这个产业的生态链条。

于是，是时候走向下一个路口了。

曾经她把一部分精力和心思分散给外面的世界，总是在意别人怎么看待她，别人是否认为她努力或者聪明，在外界眼里她是否只是一个徒有其表的人。也正因如此，为自己增加了很多不必要的压力。

"以前我听到非议的时候会站起来为自己辩解，但是现在只要我自己知道我自己在干什么，其他的就都不重要了。"

纽约给了她底气

我家后面是中央公园，天气好的时候或早或晚彦瑾总是会出去跑几英里。我没有跟她去户外跑过步，倒是在天气不那么明朗的时候跟她一起刷了很多次健身房。

她对自己可真狠呐，动不动就跑个 10 公里。而跑步对她来说再也不是瘦身的工具，而是保持心情的途径，是遇到困难让自己冷静下来的方法。

她说，纽约就像是一面镜子，让你在看过浮华和卸去所有妆容之后，可以清醒地审视自己。

如果说她刚来纽约的时候是一块未被雕琢过的石头的话，那么这三年来，她已经无数次敲打边角让它逐渐有了些轮廓。

"有时候我不知道平淡和平庸的差别。但只希望，我心里努力的方向和自己争取的状态一直都在，不会存在于表面，而是嵌入我生活的每一种方式里面。过去的一年我成长了很多的一点就是，明白了怎么在更复杂的环境里面保持自我，同时又不冒犯外界。"

纽约给了她底气认清自己。

"感谢纽约。"她说。

（2018）

张潇冉

　　曾为美国亚洲协会壮志计划负责人,哈佛社会创新种子社区(SEED)核心负责人之一, 入围 2018 年福布斯中国 30 位 30 岁以下精英榜单,研究生毕业于哥伦比亚大学。

张潇冉：我离开纽约去了别处

照片里的潇冉浅浅地笑着，发型十分干练，眼里闪着温柔却坚定的光辉，黑色灰色搭配的上衣使整个画面沉淀，让人意犹未尽，这是她告别纽约回到北京后拍的一张职业照。

纽约对潇冉来说有一种莫名的熟悉感。这熟悉感大概是曼哈顿像极了二环里的北京，时代广场大抵类似王府井，哥大无论地理位置还是其独立的姿态都和北大异曲同工，上西区可以和东直门相提并论，上东区让她想起了东四环，布鲁克林的 Williamsburg 让她想念 798，纽约的下城像极了北京的三里屯。

纽约，来日方长

今年 5 月，在告别纽约启程回北京的前夕，潇冉发了一条朋友圈说："要说一点留恋都没有，怎么可能…… 四年来，这个城市彻底改变了我，塑造了我。是她告诉我，脚下的土地远没有心中的土地辽阔。"

我问她最怀念纽约的什么，她扑哧一声笑着说，我想纽约的好吃的和一个个 Jazz bar。在纽约人们不需要隶属于某一阶级，不需要花费昂贵的价格就可以心满意足地在日本的小酒馆里谈天说地，可以在装修得恰到好处的餐厅里品尝埃塞俄比亚菜肴，可以与好友围坐共享一大份西班牙海鲜烩饭。饭后在纽约的街上散步时，可能随时会遇见一个氛围刚好的 Jazz bar，人们会很自然地走进去，花上 5 刀或者 10 刀的价格点上一杯酒小酌，消磨一个惬意的夜晚。她说她怀念纽约的这种没有人在意你是谁的无拘无束。

开放和多元化的纽约深深地刻在了她年轻跳动的生命里。

潇冉说，在纽约只要你在做自己喜欢的事情，很多机会都会向你走来。你就专心致志地做一件事情，做你喜欢做的事情，就可以了。末了，她又补充一句："其实在哪里都是这样的。"

四年前那个初到纽约的北京姑娘，其实并不知道自己想要做什么。研究生一年级的时候，偶然之间看见了亚洲协会的实习招聘，便在接下来的日子里和亚洲协会一同成长了这几年。临近毕业时，她深知在美国NGO工作留下来的机会十分渺茫，但她说："我知道这件事是我想做的，不管我能不能留下来，我都要做这件事情，而且要把它做好。"

起初她在亚洲协会的ChinaFile英文杂志实习，逐渐发现由于受众的局限性，即使内容已经相对客观和深入，内容传播仍困于圈子之内。想要拥有更多中国受众的潇冉和她的老板随即决定成立"中美对话"。由于初期以深度报道中美关系为主，所以知识阶层读者较多，后期逐渐转变风格，连接两地举办活动，遂深入到了年轻人群体。

但这似乎并不能满足她想要推进中美交流的心。于是在老板的主导下，亚洲协会2015年推出了壮志计划，为国内有社会责任感、快速学习能力及开放心态的年轻人提供一个月免费赴美学习的机会。如今壮志计划走过两年，协助了多名中国青年来美交流学习，国内外反响热烈。

但四个月前，潇冉却打包卖掉她在纽约皇后区房间里的全部家具，带着对纽约的些许眷恋和对即将启程的冒险的澎湃，奔向了心中的另一片土地。那一张单程机票充满着她对这条未知道路的期许。

她说："只有做自己喜欢的东西才能有一个平和的心态去发挥好自己。"

在别处，在北京

今年 3 月，潇冉还是那个下了班依然思考着如何将手里的工作做得更好的标准上班族。可某天和朋友的聊天逐渐地改变了她的行径。身边很多朋友逐渐面临相亲和逼婚，使潇冉和朋友聊起了约会文化。

"我觉得除了探探、陌陌，国内没有一个可以让大家去认识有趣的朋友的约会 APP 是一件很夸张的事情，我觉得这中间有一个很大的 gap，"她说道，"我想回来尝试着解决这个社会问题。"

然而落地北京做了部分市场调研后，潇冉发现国内约会文化的缺失和与陌生人社交文化的匮乏并不能靠约会 APP 得以解决甚至缓解。"这一问题的根源在于我们从小接受的教育并没有告诉我们要做一个真实的自己，尊重其他的个体，尊重与其他的个体间的差异和空间。所以你没有办法要求大家在真实的生活里和陌生人适应场景地很好地去交友，甚至幽默地聊天。这或许是文化上的一个漏洞。"

思来想去，潇冉决定在新媒体上找到一种方式用内容慢慢对这一问题进行推动，将多元的生活态度和生活价值通过"90 后"熟悉的语言在内容上得以体现，抛出问题，供大家去讨论甚至是争论。

于是，潇冉和团队一同推出了"别处"，召集了一群在世界的异乡人，分享着自己的所见所闻，谈论生活、人类以及美。这群浪游在别处的人，带着同龄人共有的迷茫，伴着对生活的向往，用文字以及未来可能会出现的其他媒体形式，认真地讲述着他们见到的每一个故事，也直面自己的每一次纠结的选择。

"我希望 5—10 年后，我可以用营利的方式解决一个我关注的社会问题。"潇冉说道。

（2016）

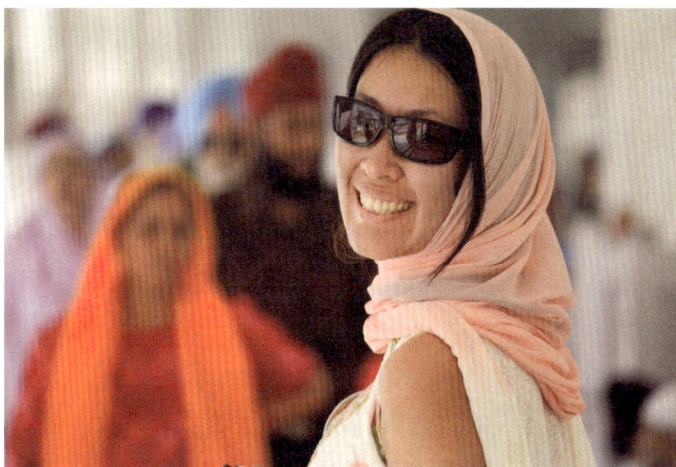

陶艾琳

美国知名设计公司 IDEO 中国区商业运营总监，宾夕法尼亚大学沃顿商学院 MBA。

陶艾琳：教育的目的是成人而非成才

女性职场和女性领导力总是人们津津乐道的话题。果断、勇敢、知性、智慧、雷厉风行总会成为这一类佼佼者的代名词。但当一名女性被赋予母亲的角色后，无论怎样的女子，她的一颦一笑间总会多一些幸福和温柔，而她前进的道路上或许也会有更多的对子女和家庭的考量。

两个月前我拨通了艾琳的电话，她在电话另一端的上海不紧不慢和我聊着她的经历，声音带着台湾女生的温柔，但却可以透过话筒清晰地感受到一股具有穿透性的力量。

三年前，艾琳随先生来到上海，选择入职总部在硅谷的创新设计咨询公司 IDEO 上海分部，任 IDEO 中国区商业设计主管。在此之前她在美国生活了十五年，在非洲推广太阳能灯。我问她为什么选择 IDEO，她告诉了我六个字和两个原因。

早失败，早成功

艾琳在 2016 年的一场女性领导力峰会上提到"早失败，早成功"是她在 IDEO 学到的最好的东西。"因为我们总是抱着必须成功的心态去做事，而不是抱着好奇心去做事。"

选择 IDEO 一方面是因为公司与个人价值观的匹配，另一方面是因为她想要跳出舒适区，不断探索未知领域。

"我们希望能够帮助有远见卓识的商业领导者探寻核心问题，用设计在中国开创价值新领地，为社会带来正面的影响。"艾琳说道，"每当我们回顾一年的工作内容时，第一个讨论的，往往是我们做的项目，为这个世界带来了什么样的影响，而不是今年赚了多少钱。"

IDEO 在中国区的项目很多都和社会里的一些系统化问题相关，比如食品安全及老年化等等，这与艾琳之前在非洲推广太阳能灯的社会创新性质类工作某种程度上有相似性。但零设计背景加入顶级设计公司的确需要勇气。

公司"T 型人理论"的寻才方式使 IDEO 聚集了很多有趣的设计师，他们纵向在自己的领域精专，横向则能够进行跨学科的广泛合作。跳出自己熟悉的领域，扎进一个全新的环境，对艾琳来说是一个不可错过的探索过程。

"当我们面对一个挑战时，一个比较好的态度可能不是要战胜它或者处理它，而是抱着一种好奇心，以及不断思考学习的心态。这心态的转换可能会让我们对'失败'这两个字的定义突然之间有很大的转变。失败不再是我们的敌人，而是帮助我们成长的朋友。任何事来的时候，与其关注我如何拿到那个对的答案或最好的方案，不如把关注点放在我学到了什么，以及我还有什么可以再探索的东西。当我开始这么想的时候，那些'如果我失败了会怎样'的担忧和恐惧就完全消失了。我也更有自信、更自如地去面对其他未知的东西！"

去非洲，不犹豫

艾琳在沃顿读 MBA 期间开始接触社会创新，以及社会企业的理念。那会儿学校组织学生去印度造访，出于考察团的背景，当时他们拜访的区域还算繁华，但路途中总归会穿梭于大街小巷，随处可见的乞丐和穷人冲击着艾琳的视线。

后来艾琳与同行学生参与讨论一个培养小朋友洗手习惯的推广方案，她对于组织方提供的仅为美国普通快消公司预算的百分之几的数字颇为惊讶。然而就算是很少的资金，通过有效的推广也可以拯救很多生命。

讨论过后，她开始反思自己的价值观："什么样的事是值得的？我可能对激发更多人的可能性更有兴趣。想想，也许在非洲的某个部落里就住着个神童，如果给到他对的机会，也许他可以找到治愈癌症的方法，但是因为他出生的地方不好，人类也许就很可惜地失去了这样的好机会。"

MBA毕业后，艾琳加入了一家快消公司，虽然对工作很满意，但总觉得缺少了什么，直到她发现了D.light。刚好公司彼时有在非洲招募的志愿者职位，于是她不顾家人反对，决定涉足自己并不了解的非洲，推广太阳能灯。她想发挥自己更大的价值。

全球有80%的人都住在偏远的农村或部落里，这些地方能源基础设施建设不足，大部分家庭都在使用危险而且不环保的蜡烛或者煤油灯。太阳落山后，能做的事情十分有限，而且要面对强盗和野兽出没的危险。

最初太阳能灯的定位是每个10—35美金，但在当地和用户接触交流后，艾琳发现大部分用户的支付能力只有5美金左右。为了能够让更多人使用太阳能灯，她和研发设计团队一起合作，不断压低成本以确保市场的可行性，同时在非洲当地寻找可以深入部落的合作伙伴，一起推广这种新能源。

如何让用户接受太阳能照明方式成为了艾琳要考虑的首要问题，她跟我讲了三个思路。

第一，煤油灯或蜡烛是持续购买的过程，而太阳能是天然免费的，一次消费反复利用，长期来说可以省很多钱；第二，教育是大家都关注的话题，有了灯小孩晚上便可以有更多时间读书，拿到更好的成绩，他们也会开始对未来有更多的憧憬；第三，对于游牧民族来说，狮子经常会在深夜潜入羊群偷吃猎物，灯光可以起到驱逐野兽的作用。类似这样的产品优势，是必须和用户深度交流，才会发掘的。

"对贫困的用户来说，实用和质量好更为重要，因为他们每一分钱都得花在刀口上。根据不同的人群，我们也会用不同的方式去和他们沟通。"

在很多人的印象中，非洲都与贫民窟挂钩，觉得那里很惨。但艾琳在非洲的几年却过得很开心，并得到很多启发。虽然平日里会看到很多不公平的事情发生，但当地的每一个人都很努力地用自己的力量让家人生活得更好，即使生活艰难，脸上却还是带着笑容，勇敢乐观地面对每一天。

"我觉得不管是我的同事也好，还是所谓的客户也好，在劣境（非洲）中可以感受到在美国感受不到的正能量。我不觉得有挑战的东西很难，只要慢慢地有耐心，一步一步来，就可以慢慢做得更好。"

教育的目的不是成才

艾琳初三移民美国。在美国的十几年中，她说她初到美国最困难的事情是辨别自己的 Identity（身份）。她说她纠结于自己是中国人还是美国人，她发现自己开始和台湾的文化逐渐脱节，但是很好地融入美国文化的同时，时不时还是会意识到自己的价值观很亚洲化。

后来行走于世界的各个地方，结交到了越来越多的国际化的朋友，她才知道自己的 Identity 到底是什么，国籍并不一定要和身份画上等号。她不是美国人，也不是完完全全的中国人，虽然手里持的是美国护照，但自己是一个拥有多元化背景，并在全世界行走的国际人。

对于自我的认同感让她清晰定义出对自己孩子的教育目标："我

希望我的小孩是中西合璧的，是可以在国际上行走的。我希望她有一些超越书本之外的可以一辈子受用的技能。"

艾琳说她在和中国家长沟通的时候，意识到很多人觉得把小孩送出去是一个办法。"但是有很多问题是他们不到那里想不到的，比如种族的问题，你到国外要融入到什么样的程度，中国文化和中国传统又该怎么办？"

她发现中国的很多父母其实很焦虑，而产生焦虑的根本原因是资源稀缺和国内外信息的不对称性。

"我希望中国有一个项目可以抓住教育小孩的目的，是成人，而不是成才。有很多机会最初抛出橄榄枝都是因为学历，那么之后怎么样才能让自己变得更好，从创新的角度，怎样才可以让自己跑得更远。"

这些问题涉及的软技能其实都是需要有人来引导的，但国内没有很好的类似资源。于是艾琳和先生决定一起搭建这样的资源，关注孩子的软技能简历，比如沟通方式、合作方式、创造力、批判性思维、情绪控制等等。

艾琳说："我要让小朋友们知道自己想要做什么，要怎么样通过手中的砝码找到可以做成事情的方式，而不是（随大流一样）把一件事情做得非常好却不知道自己为什么要做这样一件事。"

我问艾琳如何理解藤校教育和精英圈子。

她说藤校对她而言，代表的是更多的曝光，得到更开阔的视野。第一，它意味着你可以认识一些十分优秀并有见解的人，把自己的想法和价值观带到一个不同的高度；第二，它代表着可以从藤校教授和校友那里获得更多的体验和资源，但是如何运用这些资源，还是取决于自己。

按照原计划，今年年中她将会和先生开展几个小型体验型的活动项目，让小朋友和家长一起参与体验，在玩乐中学习有关情绪管理、沟通、团队合作等方面的技能。

"不要变得十分善于做一些你不想做的事。"这句曾影响艾琳在关键时刻做决定的一句话，同样也在影响着她的教育观念，又或许之后会影响到更多的家长和孩子。

（2017）

严伯钧

"为艺"创始人，布朗大学博士。

严伯钧：活无激情枉为人

"为什么要出来折腾呢？人啊，这辈子总归要出来折腾一次。那出来折腾，肯定是二十几岁出来折腾比较安全，这个时候可以折腾得不计后果。折腾也是为了以后有我感兴趣的事儿组成的平静生活，所以我就是出来折腾，也是要折腾我感兴趣的事儿。"严伯钧说道。

人生在世不懂欣赏艺术就是白活一场

严伯钧对自己的理想从不含糊，甚至愿意花费大代价、时间和精力去做他想要做的事情，用他的话说，就是胆子大。

自小到大名列前茅的他本科被保送到香港，毕业后他选择去布朗大学读物理学博士。但十三岁开始拉琴的经历使严伯钧逐渐意识到音乐和艺术已经变成了他生命里不可分割的部分。于是当发现博士生活并不如他所想之时，他毅然退学，回国成立了专注古典教学的对接老师与学生的在线中介教育平台——为艺。那一年，是 2014 年。

两年后的为艺，与当下的发展形势更加紧密地结合，注入自媒体元素，着力发展音乐欣赏等相关内容。

"我从来都不认为古典音乐是高冷的，接下来我会用一些诙谐幽默的方法讲一些古典音乐的故事，让大家了解它们。"

他想把古典音乐变得更加亲民，在他眼里莫扎特就是他那个年代的周杰伦，这些人在当时是被广泛接受的，但内容却难以流传，究其原因是因为古典音乐太抽象，大家无法理解。就好比拉斐尔在文艺复兴时期的画作，大家大多都可以看得懂，因为内容简单具象，多为圣母等主体；但毕加索则不然，大家除了知道毕加索的画价值连城外，并不知道其中的原因。与之类似，当前比较出名的古典音乐多为带有场景化的标题作品，如贝多芬的《命运》。所以他想根据用户的心情，推荐适合彼时心情的古典音乐，逐渐地让大家觉得古典音乐并不是可望不可即之尤物。

牛顿定律不是万能的

在回国创业摸爬滚打的日子里，严伯钧逐渐领悟到了商业里的物理元素。

他用牛顿定律和自然守恒定律举了一个例子。假设有一个球从100米高形状较为奇葩的山坡上滚下来，问球的落地速度。此题有两种解答方法：第一种利用牛顿第二定律，分析小球在每一刻的受力之后根据山坡的坡度列等式，但是山坡的坡度难以测量，所以是一个解不出来的等式；第二种是利用能量守恒定律，一个公式即可算出。

在这个例子里，牛顿定律是对的，但是不一定能把问题解出来，能量守恒定律也是对的，但是一定能把问题解出来。就好比很多创业公司都在研究如何从客户身上赚到更多的钱，这个命题本没有错，但沿着这个思路去思考问题，未必可以从客户处赚取更多的钱，所以要另找一种方式。

"比如为艺初期的时候，我们搞了一个找老师的平台，想着怎么才能从客户那儿赚更多的钱，于是我们凭空揣摩出来很多似乎会便捷客户的方法，试图把用户绑定在我们的产品上。但当我们企图把用户绑在产品上的时候，却起到反效果，使很多操作变得非常麻烦。"

严伯钧现在更多思考的是怎样给用户带来价值，他说："你是服务你的用户，只有当你给他带来价值的时候，他才会来和你交换价值。如果总是在自己的角度想着如何赚客户的钱，最终你很可能会丢掉客户。"

"学物理的人特别习惯逆向思维，为了得到结果，就喜欢逆推，一个一个去想需要的条件。很多人在做事情的时候总是做加法，但是真正要开始执行一件事情时，是要做减法的。这个时候物理思维就会帮助我怎么样把最重要的东西分离出来。"严伯钧说道。

做商业和物理是一样的，找一个最简单的代表物理性质的东西，找到主要矛盾，很多问题会迎刃而解。

藤校的学生不能只想着自己

严伯钧在布朗大学读书时，曾任布朗大学中国学生学者联谊会主席。在任职期间，他忽然觉得不能只做最简单的学联基础工作，还可以做一些更有趣的事情。于是在 2012 年联合发起了常春藤论坛。他说藤校的学生不应该只想着自己，看着眼前的事情，或者全力想着找一份好的工作，进入某个投行或者资讯公司。应该做一些更有趣的事情，比如和社会人士建立一个沟通的渠道。

"比如石榴穿旗袍做行为艺术，但是她宣传了传统文化。胜寒做红酒，内容很棒，而且为大家普及了红酒知识。我想和大家分享对我来说听起来很丰富的音乐，带给大家的是一些艺术上的内容。"

常春藤论坛今年已进入第四个年头，相比于往年，在规模更大的基础上，讨论的话题也会更加宽泛。严伯钧希望未来的常春藤论坛可以成为一个 NGO，并且有一个专业的执行团队。

"我没太多年轻人的爱好，就想喝喝茶，聊聊音乐，老了以后没事儿去去音乐会，转转博物馆，看看戏。但一定要为自己有激情的事儿而活。"严伯钧说道。

（2016）

Julia Xu

现为迪士尼商业分析师，布朗大学公益组织"Tink Kint"创始人，本科毕业于布朗大学。

Julia Xu：公益不是靠捐款

那靠着良人从旷野上来的，是谁呢？我在苹果树下叫醒你。
你母亲在那里为你劬劳，生养你的在那里为你劬劳。

——《圣经·旧约·雅歌》

"当我看到很多单亲家庭抚养孩子，了解到一个群体叫作单亲妈妈，我意识到避难所里不全是流浪汉，有的人可能是处在短期的难关，需要帮忙度过。"

2014 年到现在的两年半时间里，Julia 和她创办的 Tink Kint 帮助 50 位单亲妈妈获得了补贴生活的收入，成功帮助 1 名单亲妈妈夺回抚养权。"我们有一些妈妈成为了糕点师，有的找到了工作而且最近还升了职，这对我们来说是最好的回报。"Julia 说。

三年前，Julia 在上公益创业这门课的时候，了解到可以通过商业的方式来帮助那些因为孩子年龄小无法出去找工作的单亲妈妈。日托所昂贵的费用，使得这些妈妈如果不能离开孩子，就无法获得照顾孩子的资金来源，只能去救济站。Julia 在 Youtube 上找了很多手工艺制作视频，确定后随即用行动去实践。

妈妈·帽子·一通电话

Julia 在众多手工艺制作视频中不断筛选，最终决定用编织帽子。在自学编织的过程中，她发现一个编织器可以让一个新手在一小时内掌握技巧，并在两小时内完成一顶帽子。同时，这种方法又可以控制产品的质量。于是她和罗德岛设计学院的学生及教授合作，最终设计出了 Tink Kint 的第一件产品。

"产量最高的妈妈一周可以制作 20 个，每个帽子售价 30 美金，付给单亲妈妈们 15 美金，剩余的 15 美金用来维持成本和举办一些活动，例如帮助单亲妈妈们修改简历。"Julia 表示，单亲妈妈们一周就可以获得 300 美金的收入。虽然大部分单亲妈妈一周平均可以做 3 到 5 个帽子，但是有妈妈从这项手工艺中一共赚取了 3000 多美金。

Julia 在单亲妈妈们制作好的帽子上印上布朗大学的 LOGO，在学校书店、书店网站和 Tink Kint 网站上进行售卖。帽子不仅吸引了众多校友，布朗大学校方运动队也成为了他们的顾客。截至目前，已售出帽子 1000 多顶。

大二刚开始做项目不久，Julia 就接到了一通电话。

这通电话，来自一个想要留住孩子的单身妈妈。法庭说她没有能力照顾孩子，已经带走了她的两个孩子，现在要将第三个孩子从她身边夺走。她是如此无助，但母性告诉她，此刻应该想办法留住自己的孩子。

"我那时候才大二，什么都不懂。我想了想，就找了布朗法学院。给他们发了求助邮件后，他们就给了我一个当地律师的联系方式。"

这位伸出援助之手的律师，日后成了 Julia 项目中的一位贵人。他不仅帮助那位妈妈夺回了抚养权，还成为了这个项目的顾问，帮助联系了 5000 美元的捐赠。

"幸运的是律师也喜欢编织的东西，对我在做的项目很支持。他每次出庭都会戴着我们的围巾，让我很感动。"Julia 说道。

布朗·实践·一个突破

从最开始的一个想法，到现在几十人的团队，最开始尝试这件事情时，Julia 每周会付出 30—40 小时。

布朗大学的氛围，让她有时间近乎全职地为自己想做的事情努力。

"布朗大学跟我想做的事情和理念很吻合，我不是很喜欢把我的人生都花在学术上面，我一定要去做一个事情，思考者和行动派之间我一定是行动者。"Julia 说，"布朗非常支持学生做 NGO 和有社会影响力的工作，所有的资源也都服务于学生，课业压力比其他学校要小很多。"

"只要你去努力坚持做事情，你就可以成为你想要成为的人。"这是布朗给她最深的感触。

在 Tink Kint 创立期间，Julia 要面临的最大困难是毛线来源，因为和校方书店达成了合作，进而促进了与毛线供应商 Wire Brand 之间的协议，最后以近三折的价格谈妥，为帽子省下了一大笔成本。而其他编织需要的工具，比如编织器、商标等都来自淘宝。

Julia 坦言，做 Tink Kint 项目后，她对世界的认识发生了很大的改变。大一时的她虽然在学校做很多活动，也会偶尔做演讲，但在课堂上仍然会因为不知道自己的位置在哪里而不敢大声发言。

大二开始，随着项目的运行，她不得不强迫自己在会议上发言，去处理棘手的人际关系。"它让我看到了更多学校 Bubble 以外的事。"甚至她从未想过会凭借自己的力量，帮助单亲妈妈夺回抚养权。

突破自我的界限，让她有了下一步的勇气。

一种公益

毕业在即，Julia 即将前往洛杉矶迪士尼从事商业分析师的工作。

2016 年夏天她也曾在纽约麦肯锡实习，但她说："实习时我做的一些事情不一定会让这个世界变得更好，做的事情不能够让我在这当中感受到影响力，而且每一个项目只有几个月，最后我都不知道我的建议有哪些被采纳了。我不知道我这段时间的工作有哪些可以看到成果。"

而 Tink Kint 从孕育到一步步成长，她都像母亲对孩子那样呵护、关爱、培育。她切身感受到，有一些人，因为这件事获得了改变。有一个社会现象，因为这个项目被更广泛地关注。

就像她在 TEDxBrown 上说公益靠的不是捐款，而更像是创造可持续性经济模式的机会一样。她想要看见一个东西从无到有的过程。

比起成为一名麦肯锡咨询师，成为一个能够给身边人带来积极影响的人对 Julia 来说更重要。

（2017）

赵轩

海上学府 Semester at Sea 奖学金中国第一人，布朗大学博士。

赵轩：我一定不是一个随波逐流的人

我也曾感到压抑，但依然过得幸福。

放弃哈佛

七年前的春天，赵轩在经历申请季的挣扎后，手握哈佛大学教育学院硕士和布朗大学社会心理学博士录取通知。但她却感觉稍微有些无所适从。

这无所适从源于她对心理学科研的态度如过山车般轮回转变。

偶然在大一那年接触心理学导论和社会心理学通识课，让赵轩觉得心理学是一门既有科学方法又有人文关怀，且展现出对人的尊重的学科。但在做了一年多认知心理学实验后，她开始质疑科学研究对于人们的实际生活到底有何价值。这种挣扎促使她一度想转学教育或新闻专业。

而最终选择留下做心理学研究，是因为热情和内心隐隐坚守的追求，因为她觉得心理学研究还可以更好玩，更有实际影响。多年之后，浙江大学竺可桢学院院长唐晓武在他的书里评价赵轩这些年的探索，说："赵轩向我提出过很多要求，但几乎都没帮她办成过，因为基本为'无理要求'。唯一支持的大概只有那句'首选布朗，可放弃哈佛'。她用几年时间给我确立了一个优秀心理学大学生的标准，但当我目送她离开浙大奔赴布朗时，却觉得这个标准有点高。"

这就是我要做的心理学

刚入布朗时，赵轩结合她本科视觉认知的背景做了一些视觉换位思考的研究，比如他人在场的时候，人们对方位信息的加工是否会受到他人的视觉内容的影响。然而，与实际社会情境割裂的实验范式，让赵轩对自己的研究课题越来越疲倦。

博士三年级，她第一次去参加人格与社会心理学年会。年会主席的演讲里提到，很多人选择社会心理学，是想让这个社会变得更好，让人与人之间变得更和谐。

"It's about understanding and bettering human conditions, 我就想，这就是我要做的心理学。"她激动地说道。

那次的主题演讲在赵轩心里播下了一个火种。在那之后，她一直致力于寻找把社会心理学和实际生活联系在一起的方法。

"做研究就是一个需要不断自我激励的苦中作乐的过程。"她这样激励着自己。

她将思路放在了共情、换位思考和人际沟通方面。她开始去了解商学院，尝试着把领导力和共情结合在一起。通过布朗大学和斯坦福大学之间的博士生交换项目，她开始在斯坦福商学院做黛博拉·格林菲尔德（Deb Gruenfeld）教授的爆红课程——权力的表演（acting with power）的助教。这门只对 MBA 和 MSx 开放的课程涉及了大量的表演训练以及集体游戏。作为助教，赵轩需要协助老师准备上课资料，并且给课上布置的三个论文评分，包括学生与权力之间的关系、课程中期的收获和整个课程的收获。

在做助教的日子里，她也学会了如何更好地在与他人合作的过程中理解他人和表达自己。她学会了如何观察和理解肢体语言，以及在提供反馈的过程中引导他人思考和探索自我，比如用 Try again, this time（再试一次，这一次）或者 Try it again, with more （再试一次，多一些）代替 don't（不要）等负面词语。

在斯坦福做助教学到的很多技巧，随后被赵轩用到了她在布朗开设的领导力与共情的课程中。这些表演训练和心理学相结合的探索，也在赵轩日后在芝加哥大学商学院的工作中发挥了很大的作用。目前，她正在和美国著名的即兴喜剧公司"第二城戏剧团"（the Second City）合作，开发一系列人际沟通和领导力培训课程。

在赵轩看来，这些与真实生活和工作紧密相关的探索，也帮助了她更好地开展针对社会认知的科学研究。

社会认知是一门认知心理学与社会心理学的交叉学科。认知心理学是一种研究方法，侧重探索和解释人脑的思维过程。而社会心理学关注的是人如何在社会情境中思维和行为，目的在于理解人自身的性格、经历以及当下的社会环境如何影响他们的所思所想。在社会心理学范畴内有很多有趣的经典研究，比如给小孩看暴力性的媒体内容，会让孩子展现出更多的暴力行为，再比如付费让别人做一件很无聊的事情，会让别人觉得这件事情更无聊。

对赵轩而言，一个认知的视角，可以帮助研究者更好地理解社会行为背后的心理机制。而了解人们实际的工作和生活情境，可以帮助研究者提出更有实际应用价值的好问题。

感谢那场 104 天的海上旅行

二十岁的那一年，赵轩渴望有一些改变，体验不一样的生活，从学业的压力中暂时解脱，思考自己未来的规划。她从耶鲁大学的好友处听到了海上学府（Semester at Sea）的项目后，便开始了漫漫申请之路，并通过自己的努力拿到项目的大部分奖学金。

那一年的 1 月 5 号，她踏上了为期 104 天的海上学府旅程，历经三大洋，拜访五大洲，和船上的六百多名来自各国的学生和三四十名美国大学教授游历十余个国家。

她在日记里写道："这是一场旅行。巴哈马、多米尼加、巴西，深入亚马逊流域数日，南美大陆留下我们探索的足迹。加纳、南非、毛里求斯，非洲国家敦厚淳朴的民风和热情奔放的文化，令人深深陶醉其中。印度，新加坡，越南，中国香港、上海、台湾，亚洲文化间千丝万缕的联系，让我对中华文明的理解和认同日渐加深。在夏威夷小憩两日，我们将驶往美国圣地亚哥，在墨西哥与美国的交界，以盛大的校友派对结束此次环球之旅。"

她说，这场旅行对她最大的影响是让她觉得更自由，彼时赵轩手握一些学校的录取通知书，而这场旅行让她在船上有了更多的时间去思考自己真正想要做的事情。

当她在毛里求斯的大街上肆意乱转时，有位本地人前来搭讪。"他说要骑摩托带我去兜风，我就说好啊。他带我去了一个已经废弃的堡垒，可以看见海和很多山。他跟我说自己不开心的时候就会来这里，提醒自己，人生里还有如此美好的风景。当时我问他每个月赚多少钱，以了解当地生活情况。虽然他赚得很少，但是他精神的富足让我觉得很难得。这个过程（让我觉得）是豁然开朗的，让我觉得肩膀上的重量都卸下来了。因为整个大学四年在竺可桢学院，竞争非常激烈，有很大的压力，看到这种不一样的生活态度，我突然就释然了，我觉得自己自由了，从压力里出来了，可以按照我想要的生活方式来生活了。"

在印度清奈三天两夜的 homestay，赵轩参加了 Rotary Club（一个国际文化交流组织）的社交活动。活动里的很多文化表演让她对印度文化产生了兴趣。她觉得自己有一天或许也可以成为文化交流的使者。那天回去后凌晨 4 点，她在日记里写她仿佛看到了追寻许久的生命之光。那天她激动得久久无法入眠。

她在加纳的街摊上，唱起歌来打起鼓，手机当作麦克风，和加纳小贩边唱边跳，录下了一曲曲非洲打击乐风格的中国民歌。在多米尼加的热带雨林里翻山越岭，在深山更深处找到大瀑布，被激流浇得浑身湿透，她说灵魂在那一瞬好像获得了永恒的安宁。

她在亚马逊河上探险，在越南湄公河流域漂流，在南非的葡萄酒庄园品酒。

"越是土生土长的文化，越少受到现代文明的'污染'，我就越穿梭自如，越乐在其中，越过得精彩，越学得充实。"

回顾过去几年，选择继续追求心理学，无疑是赵轩在人生分岔口上做的一个让自己内心更丰盈的决定。

现在，赵轩在芝加哥大学商学院读博士后。她不但继续研究人与人之间如何共情和换位思考，还在最近几年里，把研究范围扩展到了人对机器人的反应以及与机器人之间的互动。同时，她与研究中心里的教授和第二城喜剧演员一起开发的领导力工作坊，客户中不乏世界500强公司。这一切都让她觉得，心理学是既有趣又有意义的。

她说，读心理学对她最大的影响是了解了每一个人的行为背后都有自己独特的原因，所以努力变得更包容，接受不同的视角和行为。

"每个人都是寂寞的，读博可能会显得更孤独。"她说，"就算有的时候比较压抑，我也觉得我还是一个幸福的人。我觉得被支持、被认同，可以做自己想做的事情，就很幸福。"

（2018）

谭秋韵 & 丘深

　非营利暑期读书讨论会"会饮沙龙"创办人。会饮沙龙致力于通过读书沙龙的形式推广东西方人文经典的阅读，从而培养参与者批判性思维的能力和在全球化背景下对文化的理解力。秋韵和丘深本科毕业于哥伦比亚大学。

谭秋韵 & 丘深：人文不等于符号

"这个想法太精英主义，太小众，可能实质上没有把该有的教育资源带给需要的人。"当丘深 2012 年 5 月给秋韵发短信谈起想要创办会饮沙龙时，秋韵反驳道。

并不是精英主义

在不断的争辩、反驳和探讨中，彼时还在大一的秋韵和丘深决定联手尝试将读书会取名会饮沙龙，希望交流方式能随意而有启发。

会饮沙龙的阅读内容和方法以哥大核心课程中的文学与人文课为基础，每期 10 次讨论，阅读书籍 5 本，每本书有两个讨论环节，每次讨论至少持续两个小时。

"大一在核心课程中读的经典常常给我一种醍醐灌顶的感觉。有一段时间走在路上甚至可以感受到自己在这个阶段思维和想问题的角度受到了很大的启发，是一种被启蒙了的幸福感。有很多想法在头脑里碰撞，这些想法可以给自己很多力量。"秋韵说道。

中国的教育体系注重专一，美国则是更注重全面的博雅教育体系。事实上，一战、二战前后很多地方都建立了博雅教育体系，但哥伦比亚大学和芝加哥大学是历史最悠久且至今保留最完整的两所学校。

一战之前，哥大学生的必修课是拉丁语和希腊语。一战后期，哥大设置了一门课程叫作战争问题（War Issues），这门课程邀请哲学家等来分享各自对于战争的看法，旨在增加大家对战争的多方面理解，以及一战对于美国社会的影响。一战结束后，这门课程更名为和平问题（Peace Issues）。由此可见哥伦比亚大学本科课程的创建和当下社会联系十分紧密。而后学校将这一系列课程命名为 global course，此理念也是会饮沙龙的核心理念之一，即通过阅读不同国家的经典理解不同国家的渊源。

秋韵说读人文经典会自成体系，这与学习一门新的语言类似。在没有学习之前，有很多相互交通的东西是没有办法理解的，但在学习之后，会逐渐理解很多作者之间的相互引用，包括理解作品之间的关系。

"比如很多社会上的热点问题其实都在经典中有所体现，当热点问题出现时，再回首经典，其实很多可以找到出处，而经典中经过深思熟虑而产生的想法或许才是推动社会进步的因素。"丘深说道。

国际化是哥伦比亚大学的重要特点之一，秋韵和丘深也下定决心将会饮沙龙打造为覆盖全球的哥伦比亚大学本科群体里的国际化组织。自去年起，会饮沙龙开始了更国际化的项目内容。当前，会饮沙龙暑期活动已覆盖韩国、日本、新加坡、泰国和印度。会饮沙龙海外活动意在结合当地文化，除了把西方的体验带给当地的学生，也想把当地的经典带到我们这里。比如日本艺术和西方艺术以及西方艺术的印象派如何受日本之前的影响等。而今年他们将第一次把会饮沙龙带入中国县城，与国内的高中生一起品味人文经典。

人文 ≠ 符号

"我们希望纯粹、专注地做人文类内容，少一些应试思维，多一些文化上的理解和思考。"秋韵和丘深说。

会饮沙龙的阅读书籍来自哥伦比亚大学本科生核心课程中的阅读

书单，由其来自哥伦比亚大学东亚系的教授导师协助挑选。希望入选的书籍既有关联性又有代表性，希望可以选取代表不同文学体裁、不同时期甚至不同思潮的作品，且内容相对浅显易懂。2015 年，会饮沙龙带领大家阅读的书籍为《道德与自省》《忏悔录》《蒙田随笔》以及两本个人相关的书籍。

丘深和秋韵都曾做过会饮沙龙的领读人，当年他们讲解的书籍是《伊利亚特》。

在讨论中正确答案并不重要，重要的是过程。秋韵一门课程的助教曾经说过，一个讨论就像一个民主体系，每个人都有发言的权利，每个人的发言都会影响接下来的议程。领头人要让学生以自己的节奏去互动，而不是强加给学生一个节奏。

在做会饮沙龙的领读人时，秋韵对这一点深有体会。讲师不仅需要对文本了解，而且在引导大家去讨论讲师认为的书内更重要的内容的同时，又不能限制大家的思维，另外还要准备同学们可能提出的边边角角的问题。

"这个度很难把握。把讨论带起来也很有挑战，比如怎么引导出下一个问题，怎么让讨论越来越深入。"秋韵说道，"有时学生说的话和问的问题，你需要用更为经典的方式来回答或者转述。"

人文作品有时可以让读者在点滴中看到很大的世界，并对人类的想法深感震撼。秋韵最喜欢的一句话出自伍尔夫的《到灯塔去》："他是一个桌子，是一个椅子，是一个奇迹，是狂喜。"

海边的一个房子旁一位画家正对着窗户画画，前面的窗子特别美，画家不希望有人打破这安静的情景。秋韵说这句话让她从最简单的东西里感受到了最淋漓尽致的美。

而学习政治学的丘深在读《罪与罚》《约伯记》等人文经典时常常考虑社会公正问题。"圣经中的一些故事虽然没有给我世界观的答案，但给了我很多关于正义和罪恶的想法。比如正义不是逻辑上做了一就会得到二。"

丘深和秋韵认为人文不是符号，是逻辑产生的网，是网产生的一些现象。比如一些词语在不同阶段会被赋予不同的含义。而每一本经典的作者无一不搭在前人的肩膀上，互相引用，彼此对话。

逆潮流而上的经典

会饮沙龙逆潮流而生，撇开碎片化阅读，沙龙读书入选者需要参加几周下来的全部读书会。读书会每次的阅读任务为50页左右的英文，阅读之后才可以参加为时两小时的深入讨论。

秋韵和丘深希望可以在会饮沙龙未来的讨论中带入多元化因素，一起更好地理解中国文化在世界的地位。

"跨文化交流没有听起来那么简单，更强势的文化应该怎么对待其他的文化？从东方主义来讲，西方人戴有色眼镜看东方文化，东方文化自己的话语权较弱。以西方为主体、以东方为客体的局势也影响了东方人对自己文化的理解。但跨文化交流应该真正给每一个文化同等的话语权。"

在他们看来更多读书会的出现可以帮助中国年轻人找到物质丰富后的我们更加充实的精神生活，而这也将逐渐变成一种生活方式。

谭秋韵、丘深，他们在逆流中将人文经典情怀扎实落地。

（2016）

.

我在美国这八年

哥大新闻教给我最重要的一课，是看过了世间的黑暗后仍然深爱这个世界的能力。

哥大新闻教给我的不只是新闻

今天是 2016 年 5 月 17 日。明天，也就是美国东部时间 2016 年 5 月 18 日，我就要毕业了，从我憧憬了好多年的地方。

我想了很长时间这个我从小就想来的地方到底教会了我什么，一直没有头绪，直到毕业前的周六下午在学校看了 video storytelling class graduation screening。十部短片，每一部都包含着满满的人文情怀和对社会的热切关注，我才忽然明白，哥大新闻在职业道路上教会我的诸多事情之一大抵是把人文主义情怀带入冰冷的视频素材和枯燥乏味的文字之中。

Welcome to the Journalism World

这句话是上学期我的财经新闻教授和我说得最多的一句话，每当我和他聊起无论是采访还是写作遇见的问题时，他在回答前都会和我说一句"Welcome to the journalism world"。班级里有一个作业是写班内同学的专访，我被分到的是写一个墨西哥姑娘。实话说，我不喜欢电话采访，因为我没有办法捕捉采访对象的表情变化，我对于她和我聊天时的情绪无法精确描绘。恰逢同学那段时间比较忙，但我确定我必须做两次以上的采访，于是开始了和她漫漫的发短信之路。因为想要给文章加一个短视频，所以和她提出想要跟随她几个小时采集一些素材。开始答应的她，每一次都在采访开始前临时爽约，最后视频是我在和她一起上的另一节课上，选择了一个距离她不近不远但角度恰好的位置，趁她在课上发言的时候用手机抓拍的，采访是约了五次以后终于在一个教室里等到了她。最后，我用手里不多的素材很艰难地写完了这篇 1500 字的稿件。和她做了两次 fact check。但我自己很清楚，这篇稿件几乎等同于一篇废稿。最后课上的 Evaluation PPT 中她写道："作为采访对象，我知道了当你的记者 annoy 你的时候的心情。"我坐在距离屏幕最近的地方满脸黑线。

下课后，我留了下来，要和教授好好聊聊。我们以这段采访过程开头，以一起核对文章里面的细节结束。教授在和大家分别做 fact check 的时候，我的采访对象在给教授写的邮件里说，我至少还有三处事实性错误。我看着邮件，惊呆到说不出话，眼眶慢慢变红。他又一次以 "Welcome to the journalism world" 开头，一开始我并不明白为什么每一次他都要和我说这一句看似没有太多用处的话，可后来慢慢明白这位七十多岁的老爷爷想要告诉我的是：这是你的选择。既然是你的选择，就要热爱这个选择，无论这中间遇见了什么样的困难和委屈，都是你需要去承担的。欢迎来到这个世界，来享受新闻世界带给你的欢愉和痛苦。

So，What Is the Story？

自小到大第一次晚交作业发生在哥伦比亚大学新闻学院。毕业作品上交的截止时间是 3 月 20 日，3 月 18 日我收到助教的邮件："Sirui，我强烈建议你和导师申请延期上交，这篇稿子还有太多要改的地方，无论是结构还是内容。"我看见邮件的一瞬间，感受到了前所未有的挫败感。

即使在数字化媒体、数据化媒体当道的年代，哥伦比亚大学新闻学院虽走在时代最前端，但对所有学生文字功底的要求依旧不减。而我一直也认为用简单朴实的文字讲好故事是一名记者的基本技能。我的毕业作品写的是一个当下十分热门的公司，这个公司对纽约当地某行业带来的影响，以及该公司用户在纽约遇见的挑战。文章的主线是三个人的故事。从一开始和导师提出这个想法的时候，导师就不断地问我，他们的故事是什么？每一次给他写邮件，他都会继续追问，他们发生了什么新的故事？为了写出更全面的文章，我不断地去拜访他们，跟进他们的最新动态，以确定每个人的采访中都是有故事的，而且是有好故事。

什么是故事？什么是好故事？我在心里问了自己很久，后来觉得，但凡我在写这个故事时有按捺不住的激情，大概对我来说它就是一个值得去关注的故事。

而我其他的朋友们，每天被追问最多的问题同样是"what is the story"。通常大家找到一个故事和教授 pitch 后，教授会有一连串的问题提出来，但同样也会给你诸多建议。一个故事不行就换，再不行，再换，循环往复。而这样的思维在我为写人物专访做准备工作时，给我带来了巨大的影响。仔细研读一遍可搜集到的所有资料后，会迅速知道一个人物当前曝光的最有趣的故事在哪里，哪里还可以继续深挖。很多时候一个鲜活的人物形象已经在脑海中模糊出现，只等更详尽的采访让他变得明晰。

"当你了解人性的时候，就是做新闻最好的时候"

这句话其实是中国传媒梦工坊导师央视主持人胜春在梦工坊活动

中说的，但这一年在哥大新闻的学习过程中，却让我对这句话不断有新的理解。

这一年虽没有走遍纽约的大街小巷，但也着实听了不少故事。身边每发生一个故事的时候，都会仔细考虑故事为什么发生，之后可能会有怎样的进展。很多事情的发生都不是偶然的，有的是长期发展的结果，有的是情绪的积累，还有的甚至可以归根于人性。

比如在这个竞争的世界里，我们没有办法奢求每一个人都真诚待人。而恰恰是一部分人的不真诚，让这个世界变得更有趣，也更耐人寻味。

曾经我也抱着想要用自己的文字，用自己的报道去改变世界上黑暗之处的梦想。可我深知自己距离"让无力者有力，让悲观者前行"的修行还太遥远。去年的纽约美甲报道一发布，在纽约的华人社区迅速掀起了一个浪潮。一面是美甲工作者工作艰苦，而美甲店老板对新出台政策极度不满；另一面是报道团队的调查付出。报道团队自认为做出了一篇公平公正的报道，给很多美甲工作者的生活带来了改善。而事实上这是一篇略有偏颇的报道，美甲工作者的生活带来零星改善的同时，美甲店老板的利益被侵犯，而事实上，这两个人群都是弱者。报道团队只单纯地站在他们眼中的弱者的角度，臆想着做了一篇伟大的报道。因此当团队核心的新闻学院校友回校讲述这段经历的时候，不得不面对大家犀利的问题和种种质疑。而我也的确认为，记者的使命就是记录时代，从不应因一篇无论是否真正有建树的文章而进行道德式的自我感动。

去年 ISIS 事件发生后，我报道班级的一名英国女生便在感恩节和圣诞节奔赴希腊拍摄难民，她的专长是摄影摄像，以暗色系为主。在和她一起上课的时候，就可以通过她的作品感受到图片背后的力量，是那么地润物细无声。我报道班级的另一位同学来自中东，在来哥大新闻之前是战地记者，我问他："你之后还要回去吗？"他给了我肯定的回答。我接着问："你不害怕吗？"他说："必须要有人去报道冲突。"我顿时对他肃然起敬。在叙利亚发生骚乱后，院里还有同学立马起身去了叙利亚做报道。

而从他们身上，我看到的才是真正的记者精神。

无论经历过多少欢愉和苦难，人性终究是一个复杂的名词。恐怕只有耄耋之人才真正理解什么是人性。而我现在可以做的大抵是用心去记录我想记录的一切，对得起手中的笔、指尖下的键盘，还有自己的良心。

写在后面：

这一年除了上课之外，累计撰字约 10 万。开了公众号，写了 27 篇《思睿说》、6 篇《百态常春藤》，文章每篇平均浏览量 2000+。新开了一个微博，记录在哥大新闻发生的点滴，微博标签＃哥大新闻手记＃已有近 36 万的浏览量，写了 36 篇《哥大新闻手记》周记，还有最后一篇截稿于本周日。至此＃哥大新闻手记＃标签将结束它这一年的征程，而我在哥大的日子也将画上一个句号。

今天是 2016 年 5 月 17 日。明天，也就是美国东部时间 2016 年 5 月 18 日，我就要毕业了，从我憧憬了好多年的地方。

毕业快乐！

哥伦毕业大学新闻学院！

谢谢你让我看见更大的世界。

谢谢你带我品味有人性有温度的报道。

谢谢你让我有机会去倾听这个世界发生的故事。

也谢谢你教会我准确报道的同时还具备深爱这个世界的能力。

（2016）

这里的一切看起来都那么刺激，那么繁华，好像在这里真的有无数种可能，但也得拥有爱。

纽约，我可能不再爱你了

下午突然收到公司 IT 给我发的后台信息，问我是不是可以周三挪一下办公桌，让费了好大劲才平复上周不爽情绪的我再一次躁动了，那一刻特别想把 8 磅的健身球狠狠地砸在地上。

我没对那封邮件选择主动性屏蔽。其实 2 月末 3 月初刚刚从前两个月无尽的加班中脱离出来，去西雅图放了个风。刚回到纽约一周，公司就发生了对我影响比较大的变动。由于某种公司层面的原因，我的 day to day manager 离职。虽然第一被影响人并不是我，但从情感上我也一直无法接受。

没想到这件事会对我有如此持续的影响，我以为过个两天我可以轻松上阵。但从听到这个消息开始，连续五天我都没有办法正常工作。每天到办公室看见左右边空荡荡的座位，就好像编辑会马上回来，戴着耳机看新闻，一只脚搭在柜子上，身体后倚，偶尔不爽的时候说一句 ××××。

工作上遇见一个气场相配的老板对我来说太重要了。从小被放养的我从来不喜欢被人钉着，一门心思自己闯，不撞南墙不回头。他就是那个放心放我去闯的人，不阻拦，不推动，但是全力支持。我实在得感谢他，让我一个个性这么强的人做记者还能每天幸福感爆棚，这种自在的相处模式对极其看重自由的我来说，实在不易。而现在的日常却是有一些变化，那种感觉就像被蚊子咬了脚心，怎么挠都不自在。

几年前我还在阿拉巴马的时候，我对纽约充满了无限的憧憬，向往它的繁华、高楼林立和 24 小时的灯火通明，憧憬它的丰满又快节奏的生活，也期待着自己能在这里待上一段时间，无论读书还是工作，虽然那时候更多的向往是来自心里的执念。

我还记得第一次来纽约时的很多故事。某天中午在食堂吃饭，脑袋瓜子一热，拍下脑门下课回家就订了大巴车票。从阿拉巴马坐两天一夜的大巴车到纽约，其间换乘无数，所有人都觉得我疯了，但如此疯狂的经历，大概是不会再有了。

那时候会害怕凌晨在时代广场晃荡，会舍不得吃人均 30 美金以上的午餐／晚餐，会小心翼翼地订青旅，也会写一张明信片告诉自己以后要到这里来。

到现在，我在纽约三年了，前两天和朋友吃饭，朋友说，可以算是个老纽约了。可在我心里，一点都不是，我还没有去过威廉斯堡，没有去过布鲁克林大桥脚下的最佳拍照地点，没有去过皇后区的中国城，没有吃完纽约的知名餐厅，当然也没有去过夜店。

曾以为我会一直爱这座城市，也以为我可能会在这里定居。可从今年年初起，就总有一种声音告诉我，我可能留在纽约的时间不多了。直到上周工作上发生了一些人事变动后，我想，可能那个时间点又变得近了一些。

有很多人问过我阿拉巴马和纽约有什么不一样的地方，我总是说：阿拉巴马是家，它太温暖太热情；纽约是出租屋，这个城市有时候冷得可怕。

记得研究生快毕业找工作的时候，在领英上加了一个做市场的前辈，我只是想单纯地问她几个问题，并没有想要去她的公司就职。结果她和我说的第一句话就是，你是不是想要我的 refer，第二句是我不给别人 refer。当时的聊天情景堪比大型车祸现场。

去年我在伦敦待了快一个月，经历了美签被拒，第二次美签被 check。在等待新签证的那段时间，我对纽约思念得要命，担心自己不能再回美国。我以前说如果有一天我离开纽约，我想的可能不是纽约的美食、霓虹灯、时尚、喧嚣，我想的大概是难得的一丝归属感，还有地铁站里卖力唱歌的少年。

可现在这难得的一丝归属感正在被一点点撕裂，从去年 8 月开始，我就在不停地送挚友们回国。有本科里最好的朋友，有室友，还有那些来不及在美国再约一次饭只能留到国内的老友。

这个地方热闹的时候让人想要逃离，时代广场跨年大概比东北过年、大年初一敲鼓扭秧歌还要喜庆，但冰冷的时候比掉进漠河的冰窟窿还透心凉。

前几天晚上和一个老友喝酒，末了她跟我说："现在国内真的遍地都是机会，你应该好好回去看看。"

可是断舍离对我来说，是最难的命题。会觉得似乎有很多东西割舍不下，但要想仔细说来听，却又不知道到底是哪些让我留恋不已。所有的本科期间的好朋友都已纷纷回国，可能最能说服我留下的则是在这片疆土上，我还可以在需要安慰、需要 refresh 的时候买一张机票回阿拉巴马看看。

前几天问一位朋友，当时离开纽约的时候心里想的是什么。她说："我知道我还会再回来。"

（2018）

纽约包罗万象，似乎只要你在专心做自己的事情且做到一定程度，就一定会被发现，就会有机会向你涌来。我知道有一天我一定会离开纽约，但希望以后当我再回想起在这座城市里曾经历的一切，可以平和且微笑。

我从未如此刻这般想念纽约

原以为关于纽约的文章是要等几年后我决定彻底离开的时候，才会提笔写起这段经历和我对这个城市的种种念想。

甚至我已经设想好了写作情景。

我可能会在一个阳光明媚的夏天的下午，抱着电脑，走进 SOHO 的 Ladurée，穿过店内，走进后院，坐在最里面的一个可以纵观整个院子的角落，点上一壶水果茶，慢慢地度过一个午后，把这几年的情感全部宣泄在车水马龙里。

但是，我错了，我对这座城市汹涌的想念在我抵达伦敦后的第三天就毫无防备地向我袭来。

在纽约的时候，我总嫌弃它。

嫌弃时代广场总是熙熙攘攘吵得不行，嫌弃它满城的急救消防飞驰而过，让人不得安宁。

嫌弃它春天的尾巴上突然下雪，让人猝不及防；嫌弃它夏天的地铁站月台像蒸笼，让人浑身不舒服；嫌弃它秋天太短，还没准备好就直接入了冬；嫌弃它冬天下雪不正经落地即化。

回想起一年前的毕业典礼，当我们手舞报纸，扭动着身体和身边挥舞着美元的商学院还有全校一起合唱"Empire State of Mind"时，纵使心里有万般不舍，但那响彻校园的"New York New York"提醒着我们，我们就要冲出象牙塔，奔向这座让人欢喜也让人胆怯的城市。

哥大毕业典礼的最后一个环节，好像硬生生地在告诉你：去吧，纽约是你们的。

如果你爱他，就送他去纽约；如果你恨他，也送他去纽约。如果他在纽约可以活得好好的，那他在哪里都可以活得好好的。

这些话，是有道理的。

两年前入学哥大新闻的第一天，老师布置了一个音频作业，作业的题目是"How do you like New York"。我从 116 街一路走到 96 街，在半个小时里和 16 个陌生人聊了天。有游客，有行人，有商贩，也有乞讨者。

他们说，纽约 amazing，fastspeed，noisy，diverse。我回到教室边剪音频边琢磨着我心里的纽约是什么样的。

然而无解。至今无解。怪我，词穷，没有办法用一个词来形容它。

我到底爱纽约什么呢？

说来惭愧，我也不知道。这个充满欲望、洋溢着热情，以及时时刻刻提醒你人外有人山外有山的地方，有着说不出来的魔力。

上半年我陆陆续续送走一些准备回国发展的朋友，我问他们走了以后会想念纽约的什么。

正经一点的跟我说，想念它只要你肯付出、肯努力，生活总会给你回报。不正经的插科打诨地跟我说，想念它的开放包容，和作为一个同性恋者可以有尊严地活着。

我有个朋友打趣着跟我说："你看那街边和流浪汉一起乞讨的狗狗，它们从来不叫。就那样静静地看着车流的川流不息，看着人群的人来人往，偶尔抬起高傲的头，又时而伏在地上安安静静地睡觉。它们仿佛看尽了纽约的繁华，看透了人们的欲望，也深谙在这座城市生存的方法。但凡你怎么逗它，抬起眼皮看你一眼已然算是卖个面子，它们是见过世面的狗。"

我另一个朋友和我说："在纽约的傍晚，叫上几个好朋友，先休息一下，揣个五美元现金就可以出门了，随便找个爵士吧，便可以点上一杯，聊一晚上。他也可以用合理的以及不会觉得有负担的价格奖赏自己一顿日料，抑或是其他国家的菜肴。"

可是，自离开纽约后，这样的日子好似不复返，因为再也没有这样的惬意，似乎也变得没有这样的财力。有些地方的通货膨胀，还真不是年轻人可以凭自己的力量承担得起的。

阴差阳错在伦敦出差了快一个月，每天下班后穿梭在伦敦还算热闹的街道上。这城市好似晚上 8 点之后人群就自动散去，只留下华灯、红色公交车，还有到整点准时敲响的钟声。

它的地铁站里没有那么多街头艺人，地铁里也不会有人突然带着音响跳进来，钩住栏杆和扶手大肆跳舞。它的地铁站和纽约一样闷热，但在列车里却无法带来一样的清凉。

于是我开始想念到凌晨还人声鼎沸的时代广场，想念 Ktown 那些只有晚上才开的酒吧，想念那些深夜看的电影，还有晚上的草坪电影节。

在这时，那些我在纽约经历的自以为是的理所当然，突然间就变得鲜活，跳跃在我的脑海里，时时刻刻提醒着我这是我该珍惜的日子。

而最想念的，可能还是深夜，喊上几个朋友，随便扎进一家东村的居酒屋，点上几杯酒，聊到凌晨，或欢笑，或哭泣，或愤怒，或憧憬。而后，收拾好情绪，打开手机里的 Uber，在目的地里自动输入 Home，回家倒头就睡。纵然万千灯火，却没有一盏可以为我留到深夜。

纽约依旧是一个不能给人安定感的城市，但它的的确确是一个人年轻时该待几年的城市。

（2017）

我对阿拉巴马的爱一直是溢于言表的。这个我生活了四年的美国南方小镇是我世界观、人生观和价值观构建最为重要的一部分。

在这里我学会了如何面对人生无常，如何挑战自己，学会了如何去爱，如何与世界短兵相接，学会了坚强，学会了坚持，也学会了果敢。

有一个地方只有我们知道

BAMA（Alabama）的橄榄球上了这周五的《纽约时报》头版，大半个版面都是我们的，有 BAMA 的帽子、BAMA 的包、BAMA 的 logo 等等。而我十分应景地穿了 BAMA 套头衫，午饭过后上课路上，路过哥大图书馆，激动地举着《纽约时报》让同行的新闻学院小伙伴拍了一张有我、报纸还有图书馆的照片，到教室以后看着头版自己偷着乐了很久。

那是一种由心而生的自豪感。

周六晚上阿拉巴马对路易斯安那州立的比赛以 30:16 而告终。在校友会包的酒吧里看完了半场比赛，回家补了后半场。只有校友会才能让我在纽约偌大的城市里找到一点南方乡村的气息，就像回家了一样。

我在阿拉巴马读的本科，十八岁到二十一岁的大部分时光都在那个叫作塔斯卡卢萨（塔城）的小城市——小到去个国际机场都要开 40min 的车，小到大学构成了城市的大部分，小到有一种家乡的感觉——度过。

说来奇怪,人总是在离开了什么、失去了什么以后才会格外地想念和珍惜。

大一大二的时候总是想尽办法要离开,总觉得自己本应该可以去更好的学校,也的的确确申请了转学,拿了很好的 offer,但最后还是选择留了下来。我后来时常调侃自己,从决定留下来的那一刻起,我可能就真的爱上了这里。

还可以清晰地记得第一次到塔城的情景。应该是 2011 年 8 月 15 号,坐的那趟 United 的航班在后来的四年里我又搭乘了不止六次。早上 6 点休斯顿转机,休斯顿天气特别好,阳光特别足。那天我穿的衣服是和高中闺蜜一起在美特斯邦威买的绿色短袖,上午 9 点 30 分到伯明翰。从伯明翰机场出来后先去取了租的车,从伯明翰一路开到塔城。8 月的南方天气闷热,只记得那一路看见了 Univ of Alabama 的绿色指示牌,我在心里和自己说,原来这就是我的学校。

记得那天中午吃的 grand buffet,然后就直接开到学校。那年 Rose Tower 还没拆。我从体育馆旁边的那条路开进,一路兜兜转转了好久才找到 Rose,其间还路过了 Ridgecrest 的那个大坡。我的宿舍号是 1104, 那天我见到的第一个同学是 Gao,后来我们一起上了两节英语写作、两节微积分。我的微积分还多亏了他的耐心讲解,最后才拿了 A+,再后来他转学去了伊利诺伊香槟。那会儿我和月姐住在一起。两室一厅一卫一书房一厨房,堪称学校性价比最高的宿舍。其实那年是 UA 中国人数量增长的第一个巅峰,而这些人里面住在 Rose 的中国人最多。因为来之前做了一个 UA 新生相册,又是 QQ 群管理员,所以我们宿舍顺理成章地成了每周五开火锅趴的娱乐场所。刚来的时候大家还都没买车,我们宿舍离学校最近的超市不算近,走路要二十分钟。一到周五下午,总能看见十几号人浩浩荡荡地每人手里至少提着一个袋子从超市往宿舍走。那个时候塔城还只有一家中国超市,没有车根本就没有办法到达。我们的火锅标准已经降低到涮牛肉块、香肠、菜花、甘蓝等等。G 是第一个买车的，他买完车以后我们就火速一起去了趟沃尔玛，把没有置办完的东西都买全。

大一大二的时候我和"水姐"还有铃儿组成了一个三人组，走到哪里都是三个人，买菜、吃饭、上课、上自习。在"水姐"和铃儿没有买车之前，我和"水姐"甚至来回走路五个小时只为吃一顿中餐，后来又干了一件疯狂的事，从阿拉巴马坐灰狗一路到纽约。

我十九岁生日的时候，我们浩浩荡荡十几个人开着七八辆车跑到了公园烤肉，烤到一半突然间瓢泼大雨，我们匆匆把桌上的烤肉挪到后备箱里。一部分坐在后备箱里继续吃，一部分在淋雨玩耍。现在想想画面还可以在脑海里回放，那一次，是四年里最疯狂的一次烤肉。

上半年有一篇叫《世界那么大我想去看看》的文章特别火，里面第二张图就是阳光笼罩下的阿拉巴马大学，我曾一度怀疑这公众号的编辑是不是阿拉巴马毕业的。而排在全美最美校园 top 榜单里的阿拉巴马，从来都不会让任何一个游客失望。

图片是 UA 主图门前大草坪上的钟塔，每到整点、半点会有不同的音乐响起。在传媒学院二楼的露台上有一个我的秘密领地，每一次难过的时候我都会到那里发呆，那里刚好可以看到钟塔的塔尖，也可以看到路上来往的车辆和远处郁郁葱葱的树，一阵风吹过则十分惬意。

有很多人慕名而来看我们的橄榄球，我二十二岁生日那天，正好赶上 SEC 七个球队纽约校友会的 Kick off，在 18 街的一家酒吧里我第一次去参加了纽约校友会的活动。签到后拿到带有 logo 的姓名标签以后，忽然间就有一种归属感。在人群中，目光总是会努力寻找那个熟悉的大 A，忽然间觉得，logo 被赋予了意义。

还记得第一次看球的时候，说来也巧，2011 年不知道为什么有两场橄榄球赛前的游行，第一场和 homecoming。第一场球我和好几个朋友一起去，那会儿根本看不懂，买了个热狗，坐在整个球场最上方的位置，看了一半就跑了。当时觉得不就是个球赛，怎么美国人这么疯狂。过了四年以后，我也确确实实被感染，在阿拉巴马，不看球的生活不完整。

但阿拉巴马的橄榄球精神，或许也是我从这座小城里学到的重要一课。橄榄球是一个不到最后一刻没有办法预测结局的比赛。还记得一年前和 LSU 对战的时候，在比赛的最后 30 秒我们进了球，以21∶20 结束比赛。所以，不放弃、不抛弃和面对一切可能是阿拉巴马橄榄球文化带给我的影响。

大一的时候翘了人生中的第一节课去听了吉姆·罗杰斯的演讲。他是阿拉巴马人，每次回来都会去 Dreamland 吃烤肉。Dreamland 是塔城的百年老店，里面美国气息十分浓厚，他在演讲中提了一个问题：什么是美国梦？美国梦从哪里开始？后来有机会和小伙伴拿着他的 50美元去了 Dreamland。这个他说美国梦应该开始的地方，其实是我第一次上头条的地方。后来也怪，我每次迷茫的时候都会跑到那里吃一顿找找感觉。当时记得他说的很深刻的一句话现在已经烂大街了："每天叫醒你的不应该是闹钟，而是梦想。"但大一的我确确实实把这句话很认真地写在了日记本上，并且在旁边写下了自己的梦想。

四年后，我的确实现了这个梦想。在实现之前，我对梦想无限渴望；实现以后，对阿拉巴马无限怀念。怀念那里的阳光、草坪、氛围、食物、朋友，甚至健身房。

前段时间校友回归日的时候我回去了一趟，和委员长一起。短短3 天时间里我拜见了 4 年里最重要的导师，见了朋友，见了老板。和老板有个 20 年之约——他 100 岁的时候我回来给他过生日。和导师有个 15 年之约——成为业界里的翘楚。我回去就不想回来了。以前渴望来纽约的时候觉得纽约巨好。机会多，活动多，吃的多，可是来了之后发现当人和人之间的距离有间隙的时候，你想要的可能还是一个真诚的小环境。

我坐在大草坪上听着钟塔里的音乐，看着过往的下课上课的同学。坐在传媒学院二楼平台上，树木长高以后已经看不见灯塔。没能和七姐再去一次他口中的张家湾很遗憾，没见到那个在我写完第一个 case study 后跟我说我很危险，怕我要 fail GBA490，然而最后我拿了 B+，但是跟他学到了很多战略的教授，很遗憾。

在阿拉巴马的时候，和所有好朋友都住在步行一分钟的范围之内，我觉得这是最好的状态。敲敲门就可以走到朋友家，吃个饭，聊个天，陪 Sushi（朋友的狗狗）散散步。七姐和小桐住我楼下，委员长在马路对面，月姐在马路对面拐角处。然而这些一起厮混的好友，现在有的在国内，有的在塔城，有的在美国其他城市。

委员长说，等到大家都毕业了，可能就不会这么留恋这里了吧。我笑了笑，因为我不知道答案。阿拉巴马在我心里已经有太重的分量。我从这里收获的不仅仅是知识，还有对内心的磨炼，以及一个把我当作自己女儿对待的导师。

我一直都在想我为什么如此爱阿拉巴马，可能是因为这里给了我太多温暖，给了我太多独自成长的空间。

如果没在这里待过，有谁会知道在美国南方有一个小城市叫作塔斯卡卢萨？大学一起玩耍的小伙伴们，你们还好吗？

（2015）

生命中很多人来来去去，很多人的再一次相逢可能是在他或她的婚礼上。美国本科毕业后，很多朋友都陆续回国，好像下一次见面突然间就变得遥遥无期。但你知道那些你放在最心底里的人，是你即使漂洋过海也愿意去见的人。

我们一定会重逢

上个周末回阿拉巴马参加毕业典礼之后，这个礼拜一直在不停地会老朋友，5 年的，6 年的，和 21 年的发小。

我时常在想，缘分真的是一个很有趣的东西，它既可以硬生生地把人分开，又可以在不知不觉中融化着一切，让人们再相逢。

我们三个最后一次聚在一起是 2013 年 2 月 7 号，在那个已经关门的酸奶店。晚上 11 点，"水姐"急急忙忙地把我、铃儿还有委员长叫出来交代着一切。虽然我已经知道了他的行程和打算，但是面对眼前这一切，不知道这一次相别，何时能再见。

我们干了杯中的热茶，步履沉重地迈出那家小店，和对方道着再见。

第二天，他踏上了回国的飞机，一别一年。

那是一场突发的，在当时看不见终点的离别。

再见是在北京的医院门口，他来准备手术，我乘最早的航班到达北京，然后从机场打车一路飙到医院门口，匆匆见了一面，然后我再回机场，准备回美。

我们在医院附近的肯德基二楼，没有点任何饮品，想把时间凝固，能多聊一会儿就多聊几个话题。那时候，聊着大家这一年的变化，像约定好了一样闭口不谈一些话题。一年没见，好像所有的事情只是发生在昨天，没有一丝一毫的距离感，聊起的所有话题即使是各自的经历，都好像是一起走过了那一段路。

铃儿和他的再一次见面花费的时间久了一些，是在去年的 12 月，那次别离的两年后。

我不知道他们两个在海南聊了什么，但从海南回来以后，"水姐"有了女朋友。也好像有一种力量莫名地把我们三个之间断了的关系重新联了起来，我们重新建了一个微信群，之前那个每天几百上千条的QQ 讨论组已经静寂了近三年。

后来，铃儿来纽约读书了。知道这个消息的时候，我心里突然就有了一种安定的感觉。那是一种在一个城市漂泊得久了，忽然而来的熟悉感和微妙的安全感。

纽约这个城市，很难给人安定感，更别提家的感觉。来来去去，匆匆忙忙，它装载了很多人的梦想，也摧残了很多人的青春。但年轻时如果有一段在纽约做梦的经历还是好的。

"水姐"在国内的时候和我说了好几次，我们下一次一定要纽约见。这句诺言，我们终于在 2016 年 12 月 16 日实现了，耗时三年半。

周四晚上他抵达纽约，在之前没有任何联络的前提下，酒店莫名地订在了距离我家走路五分钟的路途之内，我看着谷歌地图的起点和终点，心里滋生一股暖意。

我们三个在 Ktown 的一家餐厅聚着喝酒。那家餐厅光线很暗，棚顶吊着或高或低或稀或密的绿网，绿网上面装点着星星点点的小灯，墙壁上贴满了快要溢出来的纸条，每一个纸条上都写着一个故事，在一些纸条上有挂上去的雪花形状的装饰灯，散发着暗黄色的光，暖暖的。店里放着一些我叫不上来名的英文歌，店员还是执意要查过我们的 ID 才肯给我们上那一份哈密瓜烧酒。

我俩点了一桌吃的，边吃边喝边等着还在期末演讲的铃儿，有一搭没一搭地聊着，那种几年前的熟悉感腾地一下就回来了。铃儿终于结束了演讲，从下城匆忙赶来，一进门左右张望，我朝他伸手打招呼，他敞着厚重的黑色修身羽绒服，里面穿着青色的衬衫，大步走过来。"水姐"连忙起身相迎，俩人拥抱在一起，拍着对方的后背："哎呀，终于又见面了。"

我们不急不忙地落座，干了碗里的烧酒，抓起几个辣味十足的韩式炸鸡翅，嘴里说着："最近怎么样啊？"

我们翻看着手机里的老照片，聊起了几年前我们第一次来纽约的经历。那时候我和"水姐"一路坐灰狗北上，我俩回来的时候极其疲惫地坐在塔城的那个不起眼的加油站外面的座椅上，等待铃儿来接，阳光自顾自地洒在我俩满是疲惫的脸上。铃儿打趣着说道："知道的是你们出去玩了一圈，不知道的以为你们'落了难'。"

那会儿我们在纽约住的青旅恰好也在我现在的住处附近，我找了很久终于又找到了它，也曾进去看过，和老板简单地寒暄，然后收拾好回忆，打包带回家。

我们也说起了大一经常去的那家在沃尔玛旁边的中餐自助 Buffet City，那个时候我们对吃没有那么高的要求，能吃一顿中餐就已是最大的满足。我喜欢他们家的鸡翅，"水姐"和铃儿喜欢他们家的蟹脚，我们每次去吃吃喝喝加上聊天都会花两三个小时。

之后我们会去旁边的旧货商店溜达一会儿，再去沃尔玛买点水果，然后回宿舍。我们在那家旧货市场用 1 美元的价格买到了 1993 年 9 月和 1992 年 4 月的《国家地理》杂志，那两本杂志在我毕业的时候被我小心翼翼地运回了家，珍藏了起来。

我们兴奋地回忆着过去的所有，那家他们吃过一次觉得不错就兴奋地带我去吃的餐厅，那个我们拍了很多特别二的照片的公园，那些我们一局一局搓麻将的夜晚，那段我们玩游戏版极限挑战战无不胜的时光。

那段没有顾虑、肆意疯狂、相互搀扶的日子好像一下子又被激活了。

酒一杯一杯地干，肉大口大口地吃，回忆一股一股地涌入。

那天晚上的笑，是2016年最幸福的笑。

这些年，

我们陪各自把独自孤单变成了勇敢。

我们好像都变了，

我们好像又都没变。

"水姐"离开纽约的那天，

淅淅沥沥地下着雨夹雪。

而我们知道，

我们一定会，再重逢。

无论你在哪儿，都会找到你。

即使，要漂洋过海来看你。

（2016）

大学四年，我做了很多尝试，很多事情都是百发百中。我和自己说，只能成功，不能失败。但我更想告诉你的是：别把自己看得太高，也别把自己看得太低，你的舞台并不小，有时候把拳头收回来，是为了更有力地打出去。

大学教会我的十件事

与其说大学教会我的十件事，不如说阿拉巴马教会我的十件事。但毕竟不是所有人都知道这个美国南方的小城镇，我只好偷梁换柱，但东西不变。

一、没有什么比回家和亲情更重要

我以前没觉得回家和亲情这件事情可以在我的潜意识里如此重要，总觉得年轻就是应该出去走一走，就是该出去闯荡，年轻的时候如果不多在外面浪一浪，等到工作都落定以后，自己被捆绑，很有可能会慢慢丧失激情和想要出走的心。可直到我自己亲身经历过生离死别后，这所有的想法都被打败。很久以前有一个很火的状态，大概是这样写的：以父母都已经 40 岁计算，按照现在发达城市的平均寿命 80 岁计算，大约还有 40 年的时间。按照每月回家 2 天计算（实际平时一年才能回去 1—2 次），2 天 ×12 个月 =24 天，576 小时，减去每天睡觉的时间 10 小时 ×24 天 =240 小时，每年实际陪伴父母的时间 576 小时 — 240 小时 =336 小时。40 年陪伴父母的时间是 336 小时 ×40 年 =1344 小时，也就是 560 天。

在外读书这几年我虽然每年暑假都回国，但在家里的时间总是不会超过 10 天，去年更是刷新了记录，在家待了一周，连着要带回美国的箱子一起带到了北京，事情结束之后的第二天从北京直接飞纽约。一个人发呆的时候我常常会想，陪家人的时间太少了。虽然你在心里总会想，要赚钱攒钱带着爸妈游遍全世界，可是要等到什么时候呢？所以我也和自己说，无论日后自己的工作是在美国还是在中国，都要把至亲接到身边，这样至少每天还可以见一面，不用隔着冰冷的手机屏幕问好，也不用通过不稳定的通信线路聊天。这两年的春假，我思来想去没有去任何地方浪，而是乖乖地回加州陪爷爷奶奶，是想多和他们在一起，哪怕一分钟。

二、踏实一些，再踏实一些

二十几岁的年纪是最容易自大，最容易有一点成绩就开始小骄傲的一段时光，也是最容易眼高手低的阶段。和很多同龄人里面的佼佼者还有长辈聊天的时候，都会聊到当下的一些现状。经常有人会说：你们留学生啊，好多都不太踏实。不愿意回国做事情。回了国的呢，有的仰仗自己喝过几年洋墨水，对国内的环境一万个看不上，也不愿意从头做起，总觉得自己团队中的人没有自己牛。听到这样的话的时候我通常都默默点着头。长辈们说得没错，可是回头想一想，我们有什么牛逼的资本呢？什么都没有，有的不过是一颗想要闯出一片天地的勇气和年少轻狂的决心。那就踏实做事情吧。有一些朋友看着我的 leadership 的头衔，可我也是一点一点做起来的，也曾经在办公室里只有我自己的时候，做最基本的文件整理工作，最简单的复制粘贴，整理 Excel 表格；也做过站在打印机面前，一动不动打印几千页文件然后装订的事情；也做过重复动作整理文件，然后把同样的内容打包装入几百个档案袋的工作。但你的踏实、细心和仔细总会打动一些人。他们会看见你在其中的付出，和你在做重复工作时慢慢掌握的技巧。踏实一些，再踏实一些，你想要做的事情慢慢总会有人完全放心地交给你做。

三、做自己真正热爱的事

有一句很非主流的话叫"只要你自己知道路，全世界都会给你让路"。其实只要是在做自己真正喜欢的事情，总会想尽一切办法到达自己想要去的远方。但首先你要确定这是你喜欢做的事情，不是为了名，也不是为了利，是你发自内心的喜欢。这几年因为做活动也陆陆续续面试过几千个学生，每一个人在参加面试的时候都会说自己是多么多么地想要这样的机会，以及自己对这个活动有多少了解。也会有各种看着很神奇很牛逼的简历出现在你面前，但稍微深入一点，就会立即发现这简历上的华丽是为了博取面试官眼球一亮而随大流产生的经历，还是自己真正付出了时间精力去做的真正喜欢的事情。做内心热爱的事情的人，身上总会有光。和他们聊天的时候，他们眼睛里会一直闪烁着激情，你打不断他们，话题总会绕来绕去绕回来。而你真正喜欢的那件事，大概就是那件让你茶不思饭不想，那件让你兴奋得睡不着觉的事。坚持下去，你一定会变得十分伟大的。

四、多看书

"腹有诗书气自华"。

五、感恩一切帮助过你的人

很多人好奇我为什么可以和导师还有教授保持着十分融洽的关系，甚至毕业之后只要有机会还会——拜访。这个问题的答案大概只有一个词——感恩。直到现在，逢年过节，我都还会给本科学校的一些教授发问候邮件，甚至会给有的教授邮寄明信片。没有人会拒绝别人的感恩。而恰恰在其中进一步拉近了大家之间的关系，会有人继续主动问你现在在做的事情，以及是否还需要帮助。慢慢地，教授和导师会越来越了解你，有好机会的时候自然也就会想到你，哪怕写推荐信的时候也都是有血有肉一气呵成的。我也曾帮忙把自己的朋友推荐到一些媒体实习，然后就没有然后了，当他们拿到实习机会的时候没有知会一声，也没有一句"谢谢"。并不寒心，因为只是举手之劳，只是之后如果还有好的机会，大概不会再想到他们。

六、把拳头收回来是为了更有力地打出去

你可能特别后悔在大学期间有一个机会，当初为什么放弃，也可能在某一次竞技中没有拿到自己想要的结果。但这些都不重要，重要的是你从中学到了什么和你得到了怎样的经历。暂时的错过是为了更好地相遇，而下一次相遇是应该以一个更加优秀的姿态。利用这个空隙全面提升自己，直到下一次没有错过的理由。

七、你的舞台并不小

我本科是在美国一个农村里读的，出门都要开上一个小时的高速。在那儿的第一年，我讨厌死那里了，觉得没有资源，没有人脉，于是我开始琢磨着转学。我憋着气一个人单打独斗地申请，只申请

了本科阶段最想去的一所学校。很幸运，我拿到了 offer，而且是双学位的 offer，但在决定去留的一瞬间我犹豫了，且最终选择了留下。是因为突然想明白了，无论在哪里，你的舞台都不小，只要自己找到自己的相对优势，总会有人发现你。于是在决定留下的那一刻，我跟自己暗暗地说，即使留在这里也要申到自己的女神院校，向大家证明无论在哪里都可以做到。而拿到 offer 的时候，我在学校已经有不错的人脉，当地的所有媒体的通道已经全部打通，在电视台、报纸和广播电台中玩得不亦乐乎。甚至，我有了一档自己的电台节目。人脉不断积累，不断结交新的朋友，毕业那一年，我甚至进了校学生政府，主管 International Students Involvement。所以无论在哪里，总会有你施展的舞台，即使现在舞台很小，但你总可以走到舞台中央成为最闪亮的那一个；如果舞台很大，你也总可以慢慢从绿叶变成红花。

八、别把自己看得太高，也别把自己看得太低

见过很多不谦虚的伙伴，总是一副身经百战十分牛逼的姿态出现在世人面前，那种感觉好像他们认识了多么牛的人物，或者有着多么牛的经历，再或者有一个多么牛的家庭背景。但其实不然。真正的牛人都是十分谦逊平和的，越牛越平和。很多时候和自认为很牛的人合作时，浑身都会不自在。至少我更愿意和一个十分谦逊、愿意从头做起的人合作，而不是自诩身经百战，实则思路狭窄娇娇滴滴的伙伴一起做事情。但也不能把自己摆得太低，不自信会错过很多机会。你的自信和你的过往经历相关，见过的越多，越知道事物的发展规律。保持着自信、谦逊、踏实、肯干、不娇气，大概好多机会都会涌来的吧。

九、走得太顺的时候随时做好摔跤的准备

事物发展的规律是守恒的，就比如突然中了乐透，就该想想下面可能发生的事情了。

十、能聚在一起的时候要尽兴

原来天天见的朋友，现在见一面都是奢侈。我总觉得人生中若有一群挚友，无论多久见面都不尴尬的那种，实在是一大幸事。但无论多近的好友，总会有别离。能聚在一起的时候尽兴一些，喝酒要尽兴，搓麻要尽兴，吃饭要尽兴，一起出去 high 也要尽兴，告别要用力一点。你永远都不知道这一次分别后的下一次见面会是多久以后，在哪里。

趁着年轻，趁着离长大还早，要把所有喜欢的事情都抓牢。

（2016）

能亲吻就不要拥抱，我们永远都不会知道意外会什么时候发生。

我离死亡最近的那一刻

在过去的二十二年里，认真算起来，其实我与死亡交臂了四次，一次经历生离死别，两次险些意外，还有一次最好的朋友因疾病命悬一线。

那年，我险些和呼啸而来的火车侧面相交

2010 年我在准备出国，最后一场托福是在春节前夕考的。我还记得我为了最后一次考试每天刷题，最后都快把 TPO 里面的阅读背下来了。这是压力最大的一次考试，也是对申请最重要的一次考试。

出成绩那一天是大年三十，压力过大的我没有勇气在三十那天查看成绩，于是等到了大年初三。战战兢兢、颤颤抖抖地输入账户密码，点击考试日期，目不转睛地从屏幕的左侧一路扫到成绩栏，一个刺眼的 Hold 出现在我眼前，那一刻我几乎崩溃。当时坐在副驾驶上眼神空洞的我眼泪啪嗒啪嗒地往下掉，我爸坐在我旁边不知道该说些什么，只是默默地抽着烟。

后来我不停地搜索成绩 hold 可能出现的原因，回忆到当天考试的情形，想到坐旁边的姑娘作弊被抓，大抵是因为这个影响了我的

成绩，一声叹息，恍惚了好几天。总感觉几乎决定我本科命运的一次考试就这样被毁了，再考也已经来不及，心里十分不甘心。我知道我爸也急，但是他又不知道该怎么帮我。于是在正月十二的时候，我爸忽然和我说，考场下一场考试是哪天，我们去考场问问情况，我默然应允。

于是在元宵节前夕的凌晨 4 点，我和我爸在东北漆黑寒冷的冬夜里驱车四小时去往黑龙江大学考场。然而得到的消息并不明朗："我们不处理成绩的问题，你只能和 ETS 电话联系。"我垂头丧气地走出考场，拉开车门一屁股坐下。我爸不断地鼓励我，然后陪我逛街散心。因为东北冬天雪大路滑，所以我们决定下午 4 点左右从哈尔滨出发慢慢开回家，但黑龙江的冬天下午 4 点已经天黑，从早上 4 点到现在疲惫也到达了一个很高的指数。

在距家还有一小时车程的地方有一条铁路。而那天火车通过时，红灯没有亮起。我们也没有注意到越来越接近我们的火车，直到我们接近栏杆，才发现火车就在左侧不远处，而车子已经停不下来，于是一脚油门，撞飞栏杆冲了过去。就在我们车尾驶过铁轨几秒后，火车呼啸而过。栏杆的另一侧是十字路口，所幸在我们横冲直撞过来后，十字路口处没有其他车辆过往。

过了栏杆停了车，我爸下车检查车况以及去值班岗寒暄打点，我坐在车里几分钟都没有缓过神。

就这样，和一起恶性交通事故擦身而过。但那一刻，我脑海里全是空白。

后来回想起来，渐渐明白人生路很长。虽然后来经过我的不断努力，拿回了成绩，但也错过了所有的申请截止日期，但一次意外决定不了余生，有的时候要把心放得宽一些。

我们曾在美国的高速上被前车撞飞的鹿砸中，
差点造成连环追尾

"活着真好。" 我受到惊吓的小伙伴从车上下来的时候扭头和我说。

2014年的感恩节，我和小伙伴们决定去德州奥斯汀玩耍。我们三个人加上一只叫Sushi的吉娃娃，早上8点左右出发，一路开车过去，全部车程大概十小时左右。

上午11点左右我们还在晴朗明媚的高速公路上行驶，突然之间坐在后座悠闲地塞着耳机拿着Ipad看综艺的我听见了巨大的"咚"的一声，紧接着车轮打滑，我因为在后座没有系安全带，于是从最右边被甩到了最左边，Ipad掉在地上，耳机从耳朵里飞出。我半躺在后座上不知道发生了什么，但是眼睛向左侧瞄了一下，结果发现我们和旁边的车的车距近得可怕，那个时候车还在左右摇摆。于是我脑海里闪过的第一个念头是，我不会就这样挂在高速公路上。

幸好开车的小伙伴经验丰富，控制住了车身，没有让悲剧发生。他全力稳住车身，想要让其回到正轨，我们紧接着把车停靠在路边，下车检查路况，同时也缓缓神。

"吓死我了，我以为我要死了。"这是开车的小伙伴从车上下来后跟我和另外一个女生说的第一句话。

美国的高速公路上可能经常会出现有鹿穿过的情况，是的，被我们遇上了。而且我们是被前车撞飞的鹿砸中，这比撞到鹿更可怕。

坐在副驾驶的女生事发之前还在睡觉，剧烈的晃动让她一瞬间惊醒，抱在怀里的Sushi被吓得眼角都已湿润。我们在路边一边平复着自己的心情，一边安慰被吓坏的狗狗。

后来我们找到最近的一家修车店，刚要和老板讲事情的经过，车店老板就问我们是不是从那条路过来的，我们看着他点点头，他说那边过来的另一辆车的车主刚从店里离开。然后他就转过身和店里的伙计一起查我们的车况。半晌，他拍拍手上的灰尘向我们走过来说："没什么大事，你们比前一辆车幸运多了，上一辆车的车盘剐得血肉模糊，只能先把车留下。"

简单又寒暄了几句，我们准备再次出发，剩下的半程，我们开得很慢，但总归在夜里 11 点左右抵达了酒店。三个人瘫在床上，回想白天发生的一切，后背一阵冰凉。

能亲吻就不要拥抱，我们永远都不会知道意外会什么时候发生。

（2016）

比起本科四年学到的事情，研究生毕业后走上社会领悟的社会法则必然更残酷。但最重要的不过是要懂得和自己相处，你得知道你想要过什么样的生活。

七年了，我只想和你说三件事

研究生毕业一年的时候，在工作和人际中学到了很多。更重要的是，简单真实地做自己。但有三个想法，想要分享。

之前写过大学教给我的十件事，感兴趣可以阅读。

一、千万别活在自己想象的光环里

刚到哥大读研究生的时候，偶尔还会去一些投行的校园宣讲会。一开始还想看看是不是能尝试着投投简历，后来琢磨明白了，管你本科学的是不是金融，至少现在的专业跟投行八竿子打不着，就放弃了这一想法。但还是想去看看投行的宣讲会都讲些啥，想有一个基本的认知。

在某投行的宣讲会后，我随着一群人和一个 MD 聊天，别人问的什么问题记不清了，但 MD 说了一句让我刻在心里的话：

"Don't depreciate your Columbia degree."

那就很有趣了，做什么样的事算 depreciate Columbia degree，什

么样的事又可以 appreciate 呢？

从某种程度来讲，我觉得他说得挺对的，就好比一个人如果拿了藤校的本科，那八成他的研究生还在藤校范围，要么就是斯坦福、伯克利、MIT，或者就是牛津、剑桥。但如果研究生去了一个看似没有那么光鲜亮丽的学校，并不能说明你的能力就止于此。从另一种角度来讲，无论你在哪里，即使现在所处的学校排名并不靠前或者不是 985 和 211，但如果足够努力，研究生同样可以逆袭。

但，最重要的一点是，不要活在自己营造的粉红泡泡里。纽约这个地方最大的好处就是，可以让你在人流中迅速忘记你是谁。这个地方的竞争激烈到，你看到的很多人，下了班可能都在奔往上课学习的路上。

前段时间和一个国内某著名资本人力一起吃饭，聊到了最近的一次招聘。

她说了一句话：现在好看的又是海外名校毕业的小姑娘太多了，我们凭什么招她。

所以，你的文凭只是你的保护伞，让你心里多一点自信和宽慰。

不合上伞，晒晒阳光，看看世界，可能伞下的被保护区域，就是你的人生。

二、是你的东西，就要死死抓住

今年 4 月我回阿拉巴马的时候去拜访以前的老板，老板和我说："思睿你一直都是 go getter，你清楚自己想要什么，并且知道怎么得到。我希望你之后尤论遇到什么，都可以保持这种锐气，不要为别人改变自己的轨迹。"

我觉得，这也是阿拉巴马教给我最重要的一课，直到今天都让我受益。

去年的这个时候我每天都在为能不能留在公司而提心吊胆，甚至每天看看星座运程以安慰自己。直到 10 月初，老板和我坦白地说："今年实在是没有 headcount 了，我可以先把你转到另一个组，到明年年初我开了新职位，你再回来。"

我很平静地看着他说"好"。这个场景，我在家里演习了无数遍，但从会议室走出来，却还是跑到洗手间偷偷抹眼泪。不只是我，老板也知道我有多喜欢当时做的工作。

但有的时候，就是运气差了一点点。这种情况也适用于很多情形，很多时候你眼里的大牛或许是受到了运气的青睐，所以，别垂头丧气，换作你，你可能会做得更好，你得对自己有信心。

换到新的组，两个礼拜之后我就知道这不是我想要做的事情。于是想尽了一切办法，回到了现在的组。现在的日子是去茶水间接水都会莫名其妙地笑出来。表面看似一切都很稳定和完美，但现在发愁的事情是怎么增加自己的竞争优势。

举个例子，如果你被选拔到了一个还算牛逼的培训，但不巧，你同事也被选进去了。你眼里的竞争优势没了，你咋办？

前两天和朋友聊天，朋友说能力会缩短时间的差距，是你的就一定会是你的。

换成比较鸡汤的话就是，在自己的时区里奋力奔跑。回头想想，这事儿就像 100 米短跑，可不能快跑到终点的时候回头看你的对手，不然冠军一准儿不是你的。

和导师聊天，导师说：你当然也会在工作中遇到想要和你竞争或者争夺资源的同事，不要理也不要慌。做你觉得正确的事情，属于你的东西别人抢不走，因为你会有无数种方式去保护它。

三、和自己相处

如果说到纽约读书的第一年是 Freshman New Yorker，那现在刚刚步入了 Junior。像所有 freshman 一样，刚来这里的时候，我对这里保持着 100% 的好奇，恨不得用自己的课余时间去品尝所有好吃的，去看展，去参加当时自己觉得很高大上的活动、峰会，去 social，去 networking。很多在国内很久不见的朋友都在纽约得以相见，这的确是一件好事。

到了 Sophomore，对这里慢慢熟悉，知道了自己的喜好。比如想吃拉面的时候只会去一风堂，风雨无阻，即使有的时候要等一两个小时，但就是喜欢那醇厚的汤底。

比如，知道了这里鱼龙混杂，你看见了一个人在一个圈子的 A 面，可能转身到了另一个圈子他就展现了 B 面。纽约的圈子很小的，其实世界也很小，随便六个人力一定可以揪出某种联系。于是你开始想念原来在南方村子里的生活，简单、惬意、无忧无虑，一群好友，四季阳光。这种想念比 Freshman New Yorker 更深一层。

到了 Junior Year，身边的朋友开始慢慢地从这座苹果之城周边毕业，有的去了其他城市读书工作，有的回国开拓事业。于是你每一天都在经历离别，昔日朝夕相伴的朋友，可能第二天就要踏上回国的飞机。前一晚喊你出来喝酒，但你可能出差在他方，不能坐在一起听他说完在纽约的最后一席话。

后来，你环视了一周，发现身边真的就剩下了自己。那些可以随时出来喝酒吃饭看展吐槽的朋友都不见了。从此，你和他们隔着时差偶尔有一搭没一搭地聊着，但慢慢地真正学会了无论经历什么都自己咽下，你变得更加波澜不惊，遇到事情撸起袖子想着怎么解决，百度谷歌，因为身边不会再有人可以随时来帮你了。

就连去旅行，也都慢慢地变成了一个人的征程。其实这样挺好的，想出发了，随便塞上几件衣服，看看机票，点一下购买，拔腿就走。在每一段陌生的旅途中激发未被唤醒的细胞。

和自己相处，会越来越知道什么样的生活更适合自己。

What will be, will be.

（2017）

你看见自己眼里的星星了吗？当你能想到一个让你眼里泛着光的事，它便是你喜欢的事。这跟喜欢一个人，是一样的。

如何找到自己喜欢的事？

2011 年我大一，翘了人生中的第一节课，去听了投资大师吉姆·罗杰斯的演讲。他是阿拉巴马人，虽不是在塔城长大，但依旧有亲属在这里。

在那场演讲里，他问了在场的国际生两个问题：

1. 你为什么来美国？

2. 你的美国梦是什么？

整个会场只有一束追光打在罗杰斯的身上，显得他万般闪耀。我坐在第二排，发呆地看着第一排，脑海里在飞速思考我来美国到底是为了什么。是为了一个文凭，一个学位，一段经历，还是一种生活方式？

现场一片静寂，他接着说："在塔城有一家叫 Dreamland 的百年烤肉店，或许你们可以从那里开始你们的美国梦。"

"我将给第一个问题回答者 50 美金去这家店吃一餐烤肉，也希望你可以在那里真正地思考出你的美国梦。"他一只手握着麦克，一只手插在兜里说道。

我不是第一个举手的人，但我在演讲结束后跑到后台找到了他，短暂讨论后，他同样给了我 50 美金，他说："Go For It！"

而我和他说的，是我本科毕业时希望成为的样子。

其实他提出的这两个问题，归根结底可以转化成：你为什么要做这样一件事？它是你喜欢的吗？

他在演讲中说道："假如有一件事每天缠绕在你的脑海里，一想到它你就兴奋得睡不着觉，那么不要犹豫，马上去做，因为它是你当下最想做的事。"

那么问题来了，怎样找到这样的事？

小的时候，你可以因为想给自己的娃娃们穿上好看的衣服，第一次拿起针线一板一眼地用旧衣服缝缝补补，日子久了倒也能折腾出一些花样来；你可能因为喜欢看动漫，而逐渐变成了一个动漫藏家；你可能喜欢打游戏，彻夜奋战，最后成为区域一霸。

而做这些事，你不带有任何目的，只是因为这些事情可以给你带来单纯的快乐。

在过去的一年里，我采访过很多人，有 365 天穿旗袍的石榴，有做男生西装高定的胡榛，有 365 天住民宿尝过 300 多家咖啡店的"苹果姐姐"，还有因喜欢吃喝而变身微博美食博主的典典吃喝教主，等等。

我问过很多人"你为什么开始做一件事"，得到的答案往往很简单，"因为好玩"。

我想和大家分享两个我的小故事，一个是"我一个学金融的是如何确定新闻是我喜欢的事情"，另一个是"我如何在实习中发现自己不喜欢做什么"。

我如果在国内读本科，我一定会报考各高校的新闻传播系。第一次自己有出国的想法是高一的冬天，听学校广播里播放了我们那个小城镇第一个出国读本科学姐的来信。由于各种原因，真正下定决心是高二结束时。那个时候再准备托福和 SAT 很显然是来不及的，特别是对于我这种生长在黑龙江边陲小镇的备考生。

所以我只报了托福考试，但如果想在美国本科读新闻，SAT 成绩必不可少，其对托福分数的要求也是很高的，在 2010 年那个申请季，很多传媒学院托福本科分数线的要求已经达到了 100。

几经考虑，我决定步我爹的后尘，学习金融。但是我在本科时想尽办法尝试遍了所有的媒体形式，让我确定我喜欢新闻的两个瞬间，我来分享其中的一个。

在一次夜间新闻直播中，我们忽然收到了警察局的电话，当地小镇发生枪击案件，需要记者马上抵达现场。当时所有人都在直播间里，只有我和一名实习女记者在导播间看画面，没有任何悬念，我俩抓起直播包，手机里设置好位置，飞驰而去。

去的路上，我的状态用兴奋已经不能形容了，是亢奋。

现场在一个非常偏远的地方，抵达的时候已有六七辆警车，我在路上没有半点害怕，脑海里想的全是：怎么样才能拍到最合适的画面，现场可能有什么样的情况，我们需要如何应对。

那一刻的镇静不害怕，让我非常确定我喜欢这件事。即使我可能面临危险，但我从没想过要后退。

第二个故事发生在最近，前段时间我因为种种原因暂时换了个组，到新的组以后的第二个礼拜我就发现我完全不喜欢那里（当然我现在已经回原组啦）。

第一，新的组报道的内容我不是完全感兴趣。第二，报道的形式我不喜欢。利益相关，不多说。

当我和别人聊起前段时间的工作时，我发现自己开始有抱怨的成分，对于上班这件事没有很高的幸福感。当上班的时候不能把所有精力倾注在当时做的事情上时，我知道我不能再浪费自己的时间，是时候该做些什么了。

接下来故事的结局就是我回到了现在的组，每天幸福感爆棚。

前段时间我发了一条朋友圈，知道自己喜欢什么不喜欢什么，适合什么不适合什么，想做什么不想做什么，很重要。

其实我觉得自己写留学文书的过程是剖析自己最好的一个机会。

我在申请哥大新闻时用了一个方法，分享给大家。

你需要空出一个小时或者一个晚上，关掉手机，关上电脑，关闭房门，确定接下来的时间里没有人打扰，你处于一个人独处的最舒服的状态。

准备好几张白纸和一支笔，想一下你想要成为什么样的人，然后把脑海里闪过的每一个想法都写在纸上，它不一定有排序，你只需要写下所有你在那一刻的想法。

每一个想法背后，你可能都会有其他想要做的事情，比如你想要成为一名咖啡师，那么你要如何做到这件事？可能你要拜访很多咖啡馆，或者和很多咖啡师聊天。把这些全部记录下来，你可能会在接下来的时间里越来越兴奋，兴奋到写到某一件事的时候，你恨不得冲出房间马上去做，也可能到达一个情感崩溃的顶峰而哭泣。

这个时候，你就找到了你喜欢的那件事。

如哈佛首位女校长所说：

Go where you want to be and then circle back to where you have to be.

现在每次回塔城，我都会去 Dreamland 吃一餐烤肉，温习一遍当时在那里产生的想法，也提醒自己要记得，那件让我在夜晚一想起就兴奋得睡不着的事。

（2017）

哥大新闻学院 285 天长跑。
36 篇周记、285 篇日记，
那一年的点点滴滴，
都被最真实地记录。

扫描右侧二维码，
我们一起在微博里，
回顾那段如梦般的生活。